JN090053

あやかし狐の身代わり花嫁3

シアノ Shiano

ALPHAPOLIS WEB CITY SINCE 2000

アルファポリス文庫

https://www.alphapolis.co.jp/

一章

松の香りがいっそう強まる六月の頃。

昨日から降り続いていた雨は、ようやく品切れと言わんばかりに、分厚い雲の隙間から久方ぶりの青空が覗いている。

晴れの日は好きだ。ポカポカと暖かく、洗濯物がよく乾く。干したての布団の匂いも心地よい。掃除をするのにも向いている。

しかし、私は雨の日も嫌いではない。

しとしとと優しい音が屋根を叩き、絶えず音がしているはずなのに、雨が降っていない時より、ずっと静かに感じる。黒松の林が湿気を孕《はら》んで濃い匂いになるのも、幼い頃の日々を思い出して好きだった。

しかし子供というのは、やはり晴れの日の方が好きなのだろう。

久しぶりの日差しが眩《まぶ》しい庭からは、弾けるような声が聞こえてくる。

「あめ、くもり、くもり、あーめ！」

「くもり、あめ、あめ、くーもり！」

石蹴りをして遊んでいる双子の人形の付喪神《つくもがみ》、南天《なんてん》と檜扇《ひおうぎ》の声である。地面に幾つも連《つら》なった円を描き、石を蹴り入れる。そこまで片足でけんけんしながら飛び跳ねる遊び――けんけんぱ、だ。最近、雨と曇りばかり続いていたから、そのくさくさした気持ちが替え歌に表れているのだろう。

二人が遊ぶ姿を見ていると実に微笑ましい気持ちになる。

「ねえ、次は逆さになるのはどう？」

「うん、次は逆立ちでやろう！」

普通に足を使ったけんけんぱでは飽き足らず、逆立ちをして、更には片手で飛び跳ねている。

「二人とも、怪我しないようにね」

「全然平気だよ！」

「怪我しないよ！」

さすがに心配になって声をかけたが、無用だったようだ。

器用にぴょんぴょんと逆立ちのまま飛び跳ねている南天と檜扇の身体能力には、目を見張るものがある。以前、狐の親族である信田のところに少しの間修行に行っていたのだが、それ以来、身体能力がグッと上がった。その分、やんちゃにも磨きがかかり、近頃は見ていてドキドキしてしまうこともしばしばだ。

そんな双子は、家の中でじっとしているより、毎日外遊びで体力を使いたい様子である。人形の付喪神だけあって、梅雨時期の湿気が苦手というのもあるのかもしれない。

麦も彼らの周囲を、きゅんきゅん鳴きながらゴム鞠のように跳ね回っている。麦はスイカツラという犬神の一種だそうだが、シュルシュルうねる蛇の尻尾に目を瞑ればただの犬にしか見えない。

一方、牡丹は女の子だからか、それともこの尾崎家の屋敷神としての特性なのか、南天たちに比べれば随分と大人しい。今も縁側のへりに座り、足をパタパタさせながら、楽しそうに南天たちが遊ぶのを見ている。

そして、そんな子供たちを見守るように、この屋敷の主人であり私の旦那様である尾崎玄湖が、縁側にごろんと転がり、五本ある狐の尻尾をふさりふさりと揺らしていた。

私はその光景を見て目を細める。

なんの変哲もない、平和で穏やかな時間が過ぎていく。

ずっとこんな日が続けばいいのに、と思ってしまうのだ。

「ねえ、これなんの音？」

「ヘンテコな音がするよ」

不意に、南天と檜扇が逆立ちをやめて立ち上がった。キョロキョロとあたりを見回している。

「ふむ？　確かに不思議な音じゃ」

牡丹も狐の耳をピクピクと動かし、首を傾げた。

しかし私には何も聞こえない。妖《あやかし》である彼らは、ただの人間である私よりもずっと耳がいいのだ。

縁側に寝そべっていた玄湖が身を起こし、弾んだ声を上げた。

「おや、この音はあれだね。小春《こはる》さん、聞こえるかい？」

「いいえ、私には聞こえないです。どんな音が聞こえるのかしら？」

「そうだなぁ。上なら小春さんにも聞こえるかな」

「え？」

聞き返した私は、玄湖にさっと横抱きにかかえられた。

「ちょっと跳ぶよ」

玄湖は私を抱えたまま、ピョーンと屋根まで軽々と跳び上がる。

「きゃあっ！」

私は急なことに、玄湖の着物をぎゅうっと掴むことしか出来ない。

頬にびゅうっと風が吹き付けてくる。屋根の上は思いの外高い。ポカンと口を開けた南天たちがうんと小さく見えた。

「もう、なんなんですか、急に……！」

「ごめんごめん。ほら、耳を澄ませてごらん」

私は口を尖らせながらも、言われた通りに耳を澄ました。

風に乗ってかすかに聞こえてきたのは、笛や太鼓の軽快な音。

「お囃子《はやし》の音だわ。お祭りがあるのね！」

「そういうこと」

私の気持ちは一気に舞い上がって自然と笑みが零れた。

玄湖は私を抱いて軽々と地面に降りる。

「主人様《あるじ》、いきなり牡丹の頭に乗らないでくださいまし！」

牡丹が薄桃色の頬をプクッと膨らませている。屋敷神《やしきがみ》の牡丹にとって、屋根は頭も同然なのだ。

　玄湖は私を下ろした後、牡丹の銀色の髪をわしゃわしゃと撫でた。

「ごめんって。でも朗報だ。今日はお祭りがあるみたいだよ！」

「ええ、松林を抜けた集落の端に神社があるんです。そこで毎年、今くらいの時期にお祭りがあるから、その音でしょうね。なんだかお祭りの音ってそわそわしちゃう。行きたくなるわね」

　私がそう言うと、南天と檜扇は目を輝かせた。

「お祭り、行ってみたい！」

　声が綺麗に揃った。

「そうか。なら、みんなで行ってみるのもいいんじゃないか」

「いいですね」

　玄湖の提案に私は頷く。お祭りと聞くと体が勝手にウキウキしてしまう。玄湖も同じ気持ちらしく、いつもにこやかな顔が更に上機嫌になっていた。

「お祭り……聞いたことはあるのですが、牡丹にはよく分かりませぬ。主人《あるじ》様、何をするのですか？」

　牡丹は屋敷神《やしきがみ》として二百年近く生きているものの、屋敷の中しか知らないため、お祭りにピンときていないようだ。

「簡単に言うと、神社で神様を祀《まつ》る儀式があるんだよ。牡丹を作る時に地鎮祭《じちんさい》をしたけど、その頃の記憶はさすがにないか。私が牡丹に力を注《そそ》ぎ込むようなことを、人はもっとちゃんとした形式でやっているんだよ」

「うーん、その頃のことはさすがに覚えておりませぬ。でも、それの何が楽しいのです？」

牡丹はくりんと首を傾げている。

「えっとね、娯楽の一種なのよ。神社に人がたくさん集まるし、屋台っていう簡易形式の小さなお店がたくさん出るの。飴細工《あめざいく》や甘酒なんかの甘いものや、くじ引き、それから植木や小物、古着なんかも売っていたりね。見て回るだけで楽しいわよ」

「あと芝居小屋とか、水芸を見せてくれる人もいるよ。それから似顔絵描きや……そうそう、古本屋が来てて、抱え切れないくらい本を買ってしまったこともあったなぁ」

「ふふ、玄湖さんらしい」

私はクスクスと笑う。

「お祭りは本当に楽しいものだよ。百聞は一見にしかずと言うだろう」

「主人《あるじ》様や小春はお祭りが好きなのですね。では、牡丹も行ってみとうございます！」

「行きたーい！」

南天と檜扇も同じ気持ちのようで、ぴょんぴょん跳ねている。麦は分かっているのか、いないのか、ご機嫌そうに蛇《へび》の尻尾《しっぽ》をうねらせた。

「それじゃあみんなでお祭りに行こうか！」

わあっと歓声が上がる。

キラキラした瞳の南天と檜扇を見て、思わず笑みが零れた。

「お囃子《はやし》が聞こえたから、もう始まってるわね。準備をして、お重《しげ》たちにも声をかけてみましょう」

はぁい、と南天たちは声を揃えて返事をした。

お重とお楽《らく》も誘ってみたが、二人はさほどお祭りに興味はないようだった。

「お祭りですか。屋台の食べ物って飴《あめ》とかちまちまっとした、小さいのばかりじゃないですか。そういうのは何個食べても物足りなくてねえ。留守番してますよ」

「楽もあまり興味がありません……人も多いですし」

尾崎家の厨《くりや》担当のお重は健啖家《けんたんか》で、屋台の軽食ではなく、もっとしっかり食べたいようだ。そして洗濯担当のお楽は着道楽でもあり、お祭りの屋台にあるような古着屋では満足出来ないのだろう。

「あら、そうなのね。じゃあ、私たちだけで行ってくるわ」

「美味《おい》しそうなものが売ってたらお土産《みやげ》に買ってくるよ」

「ええ……いってらっしゃいませ」

「あたしらはそっちを楽しみにしてますよ！」

みんな口々にいってきます、と玄関先で大きな声を出して家から出た。

「牡丹、手を繋ごう！」

「牡丹は真ん中だよ！」

南天と檜扇は、まだ外出に慣れず、緊張しがちな牡丹を真ん中に挟み、手を繋いであげている。

随分とお兄さんらしくなったものだ。付喪神《つくもがみ》としては屋敷神《やしきがみ》である牡丹の方がずっと年上だけれど、外に出たことがない分、どことなく幼さが残っている。それに引き換え、南天と檜扇は初めて会った時に比べて、色々な経験を積んだからか、精神的に成長していると感じるのだ。きっとこれからもどんどん成長していくのだろう。

麦は玄湖の懐《ふところ》に入れてもらい、ちょこんと顔を出している。

「さあ、小春さんは私の手だよ」

「はい」

私は差し出された玄湖の手を握る。

成長したといえば玄湖もだ。ぐうたらな性分は相変わらずだが、それでも自発的に篠崎《しのざき》の手伝いをしたり、私のことも気にかけたりしてくれる。

それが嬉しくて、玄湖の温かい手をきゅっと握ると、玄湖は優しい笑みを私に向けた。

「小春さん、そんなにお祭りが楽しみなのかい？」

「それもですけど、こうしてみんなでお祭りに行く準備をしていたら、もうそれだけで楽しくて」

「うん、分かるよ。準備するのって前は面倒だと思ってたけどさ、最近は結構好きなんだ」

「お重やお楽が留守番なのは、ちょっとだけ残念かしら」

「二人にはお土産《みやげ》を買っていこう。団子か何か売ってたらいいねえ」

「主人《あるじ》様、早く参りましょう！」

牡丹がそう急《せ》かす。南天たちも早く行きたくてたまらない様子だ。

「おっと、ごめんよ。じゃあ行こうか」

松林を抜け、ぞろぞろと集落へ向かった。玄湖が南天たちを人の姿に見えるように術をかけているから、私たちはただの子連れの家族にしか見えないだろう。

周りには、これからお祭りに向かうらしい人たちが、なんとも浮き足だった様子で歩いている。お祭りと聞くと、誰しもあんなワクワクした顔になるものだ。もちろん、私たちも同様である。

「あれ、小春ちゃん？」

ふと、進行方向からやってくる人に声をかけられ、足を止めた。

そこにいたのはお静《しず》さんである。

お静さんは由良《ゆら》家の近所に住む人で、父の葬式でもお世話になったのだ。

「お静さん、お久しぶり！　お静さんもお祭りに行ってたんですか？」

「うん。上の子たちが行きたいってせがむもんでね。でも、八重《やえ》を連れてたら長居出来ないでしょう。上の子たちは旦那に任せて、先に帰るところ」

お静さんは五人の子持ちで、今は一番下の八重ちゃんを背負っている。お祭りは人が多いから、小さな子を連れていくと大変だろう。

「八重ちゃん、随分大きくなりましたね」

八重ちゃんはもう赤ちゃんというより、すっかり幼児と言えそうな外見になっていた。お静さんにおんぶ紐《ひも》が食い込んでいるのを見ると、結構重そうだ。

「でしょう。この頃はだいぶ喋《しゃべ》るのも上手になってきたんだよ」

前に見たのは昨年の秋頃で、その時はまだむにゃむにゃとしか喋《しゃべ》れなかったが、今は丸々とした手足を元気に振り回し、「あーちゅり！」と大きな声を出している。

きっと、お祭りと言いたいのだろう。その可愛らしさに頬が緩む。

「小春ちゃんも元気そうでよかったよ。結婚したって噂は聞いたけど、旦那さんとそのお子さんたち？」

「あ、はい」

「ご挨拶《あいさつ》が遅れました。尾崎玄湖と申します」

玄湖はスッと背筋を伸ばし、お静さんに挨拶《あいさつ》をした。

お静はそんな玄湖を見て頬を染めている。

「あらまあ……素敵な人じゃないの！　いいご縁があってよかったねえ」

南天たちも次々に挨拶《あいさつ》をした。

「元気でいい子たちねえ」

お静さんは南天たちの元気な挨拶《あいさつ》にニッコリ笑う。

「おばちゃん、赤ちゃん可愛いね！　名前はなんていうの？」

「八重っていうのよ」

「八重ちゃん！　可愛い！」

「わあ、ほっぺぷにぷにじゃ」

八重ちゃんの可愛らしさに、三人とも目尻を下げ、ニコニコしている。

そんな南天たちにお静さんは優しい視線を向け、それから私の顔を覗き込んだ。

「小春ちゃん、幸せそうねえ。元治《げんじ》さんが見たらどれほど喜ぶか――あっ、そうそう、小春ちゃん、ちょっといいかい？」

お静さんはハッと何かを思い出したらしく、私の耳元で囁《ささや》いた。

「この間ね、あんたの叔母さん夫婦をこの近くで見かけたんだよ」

「まあ……叔母夫婦をですか？　何かされませんでしたか？」

「集落のあたりをウロウロしていたんだ。特に何かされたりはしなかったけど、一応ね。言っちゃ悪いけど、素行が悪くて元治さんも手を焼いていただろう？　小春ちゃんがお嫁に行ったなら、今由良の家は無人だろうし、気を付けておいた方がいいと思って。本当にねえ、小春ちゃんのご両親はあんなにしっかりしたいい人たちだったのに」

「え、ええ。気を付けます……」

叔母夫婦はかつて、私に偽の借用書を突き付けて、見知らぬ老人の妾《めかけ》にしようとしたことがあった。玄湖が助けてくれなければ、今頃どうなっていたか分からない。

その時、玄湖に頼んで、叔母夫婦が由良の家に手を出せないように松林に結界を張ってもらっているが、しばらくの間は気を付けていた方がよさそうだ。

「大丈夫。あの人たちがまた何かしてきても、私が追い返してあげるからさ」

玄湖は優しい声で私の肩を軽く叩いた。

お静さんはばつが悪そうな顔で苦笑する。

「あらま、聞こえてました？　でも、頼りになりそうな旦那さんでよかったねぇ、小春ちゃん！」

「ええ。とっても優しくて、素敵な人なんですよ」

八重ちゃんはお静さんの背中で大人しくしていたが、急に手足をジタバタと振り回し始めた。

「かぁちゃ！　おにぎょー、きちゅねー！　かぁちゃー！」

「おっと、どうしたの八重。飽きちゃったかな。小春ちゃん、ごめん、そろそろ行くわ。もし子供が出来たら、いつでも相談に乗るから遠慮なく言ってね！」

お静さんは背中の八重ちゃんをあやしながら、去っていった。

「牡丹は赤ちゃんを見たのは初めてじゃ。なんと可愛らしいことか……」

牡丹は頬を紅潮させ、お静さんたちが去っていった方を何度も振り返っている。

「なあ、小春の赤ちゃんはまだなのじゃろうか。夫婦の間には赤ちゃんが生まれるものだと聞いたことがある」

牡丹は期待のこもった眼差しで私を見上げた。

「えっ、小春の赤ちゃん？　見たーい！」

それを聞き付けた南天と檜扇が、目を輝かせて声を揃える。

「いつ生まれるの？　明日？　明後日《あさって》？」

「そ、そんなすぐには……」

「じゃあいつ？　来週？　来月？」

こちらも期待のこもったキラキラした二対の目が見上げてくる。私にはまだ妊娠の兆候は一切ない。困り果てた私は、とりあえず笑ってこの場を誤魔化した。

「え、ええと……赤ちゃんは授かりものだから、いつとは言えないの」

「小春さんの赤ちゃんか。きっと可愛いだろうねぇ」

蕩《とろ》けそうな笑顔の玄湖が、握ったままの私の手をそっと指で撫でてくる。

玄湖にまでそう言われて、私はボッと顔が熱くなった。あくまで授かりものだし、焦る必要はないけれど、いずれは玄湖との子供が欲しいと思っている。この調子なら、きっと南天たちも可愛がってくれるだろう。

「でも、今の子——八重ちゃんだっけ。私たちの本当の姿が見えているみたいだったね」

「あ、おにぎょー、きちゅねってそういうことですか」

おそらく、お人形、狐と言いたかったのだろう。牡丹は屋敷神《やしきがみ》だが、狐耳があるので狐ということか。

「そうだろうね。あれくらい幼い頃は、妖《あやかし》を見ることの出来る子もそこそこいるみたいだよ。七歳までは神のうち、って言葉があるけれど、その年までは不思議な力があるって意味も含まれているんじゃないかな。小春さんが狐の術だけ見破れるのも、もしかしたら赤ちゃんの時からあの松林の中の家で過ごして、狐の妖力に耐性が出来たからかもしれないね」

そんなことを話しながら歩いているうちに、集落の神社に着いた。

鳥居の周囲に提灯《ちょうちん》がたくさん飾られている。

お囃子《はやし》に人の声。神社に入る前から賑《にぎ》やかだ。

「今日は特別にお邪魔させていただくよ」

玄湖はそう言ってから鳥居をくぐる。

「こちらの神様も玄湖さんのお知り合いなんですか？」

「ここは稲荷《いなり》神社じゃないから、知り合いってほどではないけれど、ご近所ではあるからね、面識くらいはあるよ。特別なおもてなしはしないけど遊んでいってってさ。それに小春さんのことも知ってるみたいだよ。小さい頃からよく来てたんだろう？」

「えっ、まさか覚えていてくださるなんて……」

「ここの神様は慈悲《じひ》深くて優しい方だからね」

「嬉しいです」

子供の頃は毎年お祭りに行っていたし、初詣や何やらで、たびたび神社に足を運んだものだ。神様が自分のことを覚えていてくれたというのは、少し不思議だったが、じんわりとした嬉しさが胸に広がる。

「さて、お祭りを楽しむ前にお参りだよ」

「そうですね」

気が急《せ》いて走り出しそうな南天たちをしっかり捕まえて、私と玄湖は参道を歩く。

参道の左右に屋台が出ていて心惹かれるが、まずはお参りだ。

「初夏のお祭りは疫病退散や無病息災を祈願していることが多いんだ。この神社もそうみたいだね」

「じゃあ、家族みんなが病気にならないようにお祈りしますね」

「うん。そうしよう」

そんな話をしながらお参りを済ませ、待望の屋台を見て回る。太鼓やお囃子《はやし》の音に気分が浮き立つ。

「玄湖さん、飴細工《あめざいく》ですって」

私は飴細工《あめざいく》の屋台の前で足を止めた。様々な動物を模《かたど》った飴《あめ》が飾られている。

「お、いいね、子供たちの分を作ってもらおうかな。お任せで頼むよ」

「はいよ!」

「わあぁ、すごーい!」

目の前で飴細工《あめざいく》が作られるのを見て、南天たちは目を輝かせた。大人の私でも、うにょうにょとした柔らかい飴《あめ》に様々な色がつき、あっという間に動物や魚の形が出来ていくのを見るのは楽しい。

「牡丹のは兎《うさぎ》じゃ!」

「赤い魚!」

「黒い魚!」

牡丹はピンク色の兎《うさぎ》を作ってもらい、南天は赤い金魚、檜扇は黒い金魚で、色違いのお揃いだ。

「よかったわね」

「で、ですが、可愛過ぎて食べられぬ……」

牡丹はそう言いながら、兎《うさぎ》の飴《あめ》をクルクルと回している。

「うう、顔は可愛くて無理じゃ。でもここは耳が可愛いし、ひっくり返しても尻尾《しっぽ》が可愛い！　ど、どうすれば食べられるのじゃ……！」

牡丹こそ、そんな可愛いことを言うものだから、私も玄湖も笑いを堪《こら》え切れない。

ちなみに麦は犬のフリをしないといけないので、飴細工《あめざいく》はお預けである。きゅふんと悲しそうに鼻を鳴らした。

「後で食べ物を分けてあげるから、少し我慢しておくれ」

玄湖がそう言い聞かせている。

それから古本屋の屋台にふらふらと引き寄せられそうになる玄湖を引き戻し、みんなで一回ずつくじ引きをした。お菓子が当たれば麦にあげようと思っていたが、当たったのは幼い女の子が喜びそうな小さな人形である。赤い帽子をかぶった女の子の人形で、くりくりとした大きな目が可愛らしい。

「ねえ牡丹、このお人形あげようか？」

「むう、牡丹はそこまで子供ではないのじゃ」

幼い外見ながら、二百年近く生きている屋敷神《やしきがみ》なので、人形には興味がないようだ。

「それなら、今度会った時に八重ちゃんにあげようかしら」

人形には紐《ひも》がついていたので、落とさないように帯紐《ひも》に引っ掛けておいた。

屋台を見て回るうちに、だんだんと日が沈んでいく。いつの間にか周囲は薄闇に包まれ、空は藍《あい》色を濃くしていた。参道には提灯《ちょうちん》や松明《たいまつ》が灯り、ぼんやりと光る橙《だいだい》色の灯りは不思議な郷愁を感じさせる。

お祭りはもう少し遅くまでやっているみたいだが、子供向けの屋台は早々に店じまいを始めていた。子供はそろそろ帰る時間で、母親に手を引かれ、ぐずりながら家路につく子供の姿をちらほら見かける。暗くなると大人向けの芸物が増えるし、お酒を飲んでいる人も増える。

子供の頃、私も同じようにまだ帰りたくないと駄々をこね、父に抱っこされて半ば無理やり連れ帰られたことがあった。今も、もう少しお祭りを楽しみたい気はしたが、南天たちを連れている以上、そろそろ帰った方がいいだろう。

「もう暗くなっちゃいましたね。名残《なごり》惜しいですけど、帰りましょうか」

私がそう言うと、玄湖は私の耳元に口を寄せた。

「一旦帰ってから、もう一度来ないかい？　今度は私と二人きりで」

その甘い囁《ささや》き声に、私は胸がドキドキするのを止められなかった。

コクンと頷くと、玄湖は私を熱のこもった眼差しで見つめた。透き通った金色の瞳が橙《だいだい》色の灯りのせいでいつもより濃い色に見える。ドキドキが増して、なかなか頬の熱が冷めてくれない。そんな私に、玄湖は内緒だよ、と言うように、唇の前に人差し指を立てたのだった。

「おっと、帰る前に、お重たちにお土産《みやげ》を買っていかなきゃ。そこの焼き団子がいいんじゃないかい？」

すぐ側の屋台から、いい香りが漂《ただよ》ってくる。味噌ダレにつけた団子を炭で炙《あぶ》っているのだ。団子はまん丸ではなく、少し平べったい形をした三つの団子が、普通よりも長い串に打たれている。それが炙《あぶ》られて、じゅうっと音を立てているのだ。そんな香りと音で刺激されては、食欲が掻き立てられるのも当然だろう。

私だけでなく、南天に檜扇はもちろんのこと、牡丹までもが口をゆるゆるにして焼き団子を見つめていた。

「いい香り。美味《おい》しそうですね」

玄湖は頷いて、屋台の店主に声をかけた。

「すまないが、残っている団子を全て買わせておくれ」

全部と言われ、店主は目を丸くした。

「全部ですかい？　そろそろ店じまいしようと思ってたから、うちは何本でも構わないけど、串に刺したのは三十本はありますよ？」

「もちろん。うちは大家族でね、留守番している家族の分も欲しいからさ」

「そうでしたか。じゃ、今焼きますんで、少しお待ちを」

売れ残りそうだった団子が全て売れたのが嬉しいらしく、店主は愛想よく団子を焼き始めた。

「焼けてるのを今ここで一本ずつ食べよう。こういうのは焼きたてが一番だからね。麦も食べたいだろう？　そろそろ暗くなってきたから、出ても構わないよ」

「きゅん！」

玄湖は焼けた団子を人数分受けとって言った。

大人しく玄湖の懐《ふところ》に潜《もぐ》っていた麦は威勢よく飛び出し、玄湖が差し出した焼き団子に食らいつく。

「ああ、もう、火傷《やけど》するってのに、食い意地が張ってるんだから……」

玄湖は苦笑しながらみんなに団子を配る。炭で炙《あぶ》られていたから串まで熱い。団子も相当の熱さだろう。

私も麦に負けじと熱々の団子を齧《かじ》った。

歯に染みそうなほどの熱。もっちりとした弾力が強めの団子に、わずかに焦げた甘味噌が香ばしく絡んでいる。そこにほんのりと爽《さわ》やかな柑橘《かんきつ》の風味を感じた。

「ちょっと柚子《ゆず》みたいな風味がありますね」

「うちの団子は特製の柚子《ゆず》味噌ダレなんです。美味《おい》しいでしょう」

団子を焼きながら店主が説明してくれた。私は大きく頷く。

「ええ、とっても美味《おい》しい！」

端の方の焦げて硬くなった味噌ダレが、絶妙に団子の食感を変えるのもいい。なかなかの大きさだが、ぺろっと食べてしまった。

南天たちも夢中になって食べている。口の周りをベタベタに汚しているから、食べ終えたら顔を拭いてやらなければ。

「さてと、団子が冷めないうちにお重とお楽に持って帰ろう」

玄湖は南天たちを促《うなが》した。

まだ帰りたくなさそうにしていた子供たちだったが、温かい団子から立ち上る香りに、渋々ながら頷く。

私たちは焼き上がった大量の団子を持って帰宅した。

「ただいま！　お重、お楽、お土産《みやげ》よ」

「おや、こりゃ美味《うま》そうな団子だね！　さっそくいただこうか」

「まあ……いい香りですこと。お土産《みやげ》をありがとうございます」

お重とお楽は焼き団子のお土産《みやげ》を喜んでくれた。さっき食べたばかりの南天たちも、再び焼き団子に手を伸ばしている。

焼き団子はかなり大きめだったし、屋台で他にも飲み食いしていたので、私は既にお腹がいっぱいだったが、妖《あやかし》のみんなは食欲旺盛《おうせい》なのだ。

「……小春さん。今のうちに」

玄湖がちょいちょいと合図をするのが見えた。

みんなが焼き団子に夢中になっているうちにと、玄湖に手を引かれた。そっと屋敷から出て、再び神社に向かう。

みんなには内緒というのが、ちょっぴり悪いことをしている気分になってくる。

「ふふ、みんなにバレたら、抜け駆けだって怒られてしまうかしら」

「小春さんだって、たまには怒られるのもいいかもしれないよ。私はしょっちゅうだけどさ」

手を繋いで歩きながら二人でクスクス笑い合った。

日は完全に沈み、松林の中はもう真っ暗だ。玄湖に手を引いてもらわないと、松の木にぶつかってしまうだろう。

暗い松林から出て再度やってきた神社の参道は、提灯《ちょうちん》で煌々《こうこう》と照らされ、昼間以上に賑《にぎ》わっている。普段と違う、お祭りの時にしか見られない光景に目を細めた。

どぉんどぉんとお腹に響くような太鼓の音に、軽やかな笛の音、屋台にズラッと並んだ売り物の風鈴が、チリチリとひと足先に夏らしい音を立てている。それに人々のざわめきや笑い声が混ざり合って、参道は不思議な雰囲気が満ちていた。

お酒が振る舞われているらしく、酔っ払った人もちらほら見かける。怖そうな見せ物小屋に覗きからくり、甲高い鳥のような声で歌う三味線《しゃみせん》弾きなど、さっき南天たちと回った時とは芸物の雰囲気も異なっていた。

「小春さん、ちょっと向こうの方に行ってみようか」

「向こう？」

表参道以外にも屋台が出ていたのだろうか。

疑問に思ったが、玄湖に誘導されるままついていく。

細い道を何度か曲がると、提灯《ちょうちん》の明るさが途切れ、薄暗い道に出た。道の両端に植えられた柳の木が左右から枝を垂らして道を塞いでいる。

玄湖は柳の枝を暖簾《のれん》のようにひょいとくぐり、私の頭に引っかからないよう、手で押さえてくれた。

「ありがとうござ――」

言いかけた言葉はぷつりと途切れた。

目の前に、それまでなかったはずの賑《にぎ》やかなお祭りの光景が広がっていたからだ。

「――わあ……！」

大きく目を見開いた私に、玄湖が言った。

「夜だけの妖《あやかし》のお祭りだよ。ここの神社の神様は心が広くてね、妖《あやかし》もお祭りを楽しめるように裏参道を開放してくれているのさ」

提灯《ちょうちん》の代わりに裏参道を照らしているのは鬼火だ。口をぱっくり開けた化け提灯《ちょうちん》も交ざって周囲を照らしている。

屋台にいるのも、法被《はっぴ》を着た毛むくじゃらの妖《あやかし》だ。あちらで三味線《しゃみせん》を引いているのは猫又だろうか。尻尾《しっぽ》が二股に分かれ、にゃあにゃあと楽しそうに歌っている。

屋台に売っているのも不思議なものばかり。古い煙管《きせる》にキラキラした石、欠けた食器だけを並べられている屋台もある。

「おや、あれは全部付喪神《つくもがみ》の食器だねえ。それにあの風鈴は妖《あやかし》の鱗《うろこ》で出来ているみたいだ。涼しげな音じゃないけど面白いねえ」

一見すると硝子《がらす》の風鈴なのに、風が吹くたびにチリンではなくギャオウと不思議な鳴き声を上げている。よく見ると目が付いていて、キョロリと動く。

「ええ、面白いです！」

普通の食べ物も売っているが、店主も客も妖《あやかし》のようだ。目の前で焼きとうもろこしを購入した美女は、長い髪を手のように使い、頭の後ろにある大きな口でパクパクと食べている。私は目まぐるしくあちこちをキョロキョロした。

「妖《あやかし》が多いから、小春さんは私の腕に掴まって」

「は、はい」

そうは言うが、腕に掴まると体を密着させることになり、少々恥ずかしい。

手を繋ぐだけにしておこうと思った私の目に飛び込んできたのは、屋台で売っている巨大なトカゲだった。黒っぽいトカゲが何匹も縄で縛られ、吊るされている。

どうやらトカゲの生き血を売っているようで、吊るされたトカゲはまだ生きていて、時折ビクンと震える。

「くっ、玄湖さんっ……！」

私は恐ろしさのあまり、玄湖の腕にぎゅうっとしがみついた。

「ほら、だから言ったじゃないか」

玄湖はそう言いつつも、優しい仕草で私の髪を撫でてくれた。

「あれが見えないところまで行ったら声をかけてあげるから、そのままくっついているんだよ」

「は、はい……」

玄湖の腕に顔を押し付けたまましばらく歩く。もう大丈夫と言う声に、ようやく顔を上げた。トカゲの姿はどこにも見えず、ホッと息を吐く。

「ちょっと刺激が強かったかな」

「す、すみません……取り乱してしまって」

「謝らなくていいよ。また怖かったら今みたいに顔を伏せていいからね。でも、私に抱きつく小春さんは可愛かったなぁ」

玄湖は目尻を下げている。

「も、もう……」

怒りたいけれど、玄湖にしがみついていては格好がつかない。口を尖らせて軽く睨《にら》む。

「ふふ、上目遣いで怒る小春さんも可愛い」

そんな風に言われてしまっては、私に出来るのは頬を赤らめることくらいだ。

気を取り直して、妖《あやかし》のお祭りを見て回る。怖いものもあるにはあるが、ワクワクするのは人のお祭りとそう変わらない。

「さっきみたいに変わったものも売っているけれど、ここにいるのは普段は人に紛れて暮らしている妖《あやかし》ばかりだ。神社の神様から場所をお借りしていることもあって、人を襲うような危険な妖《あやかし》はいないから安心しておくれ」

「おーい！　玄湖じゃないか。玄湖の花嫁さんも！　俺だよぉ、司波《しば》だよ！」

ふと聞き覚えのある声に振り向くと、以前、篠崎の屋敷で会った男が、屋台から身を乗り出して手を振っていた。

「おや、司波さんもお祭りに来ていたんだね」

司波は丸みを帯びた顔に人懐《なつ》っこい笑みを浮かべた。

「ああ、今来たとこでね、これから売り物を並べるところなのさぁ。玄湖、可愛い花嫁さんとデートかい。いいじゃないか。花嫁さんになんか買ってやりなよぉ！」

司波は目配せをして、玄湖を肘で突いた。

「まーったく、司波さんったら商売上手なんだから。可愛い花嫁さんにって言われたら断りにくいじゃないか。で、今日は何を売るんだい？」

今来たばかりと言う司波の屋台には、まだ何も並べられていない。

「司波さんは何屋さんですか？」

「俺はねえ、季節のものや珍しいものを仕入れて、あちこちで売ってるんだぁ。今日の売り物は団扇《うちわ》だ。最近暑くなってきただろう」

司波はガサゴソと荷物を漁り、屋台に数枚の団扇《うちわ》を並べた。

「あっ、これ……いや、なんでもないよ」

わざとらしく玄湖は目を逸らしている。理由が分からず、私は首を傾げた。

団扇《うちわ》には白地に様々な絵が描かれている。全て手描きだ。

「どれも綺麗な絵ですね」

「お、さすが玄湖の可愛い花嫁さんだ。お目が高い！　でも、ただの団扇《うちわ》じゃないんだよ。これは鳥の妖《あやかし》の羽を仕込んでいてね、一度手に取って扇《あお》いでみたら分かるさ」

「では、ちょっと失礼しますね」

私は朝顔が描かれた団扇《うちわ》を自分に向けて扇《あお》いでみる。すると、軽く扇《あお》いだだけとは思えない涼風がさあっと吹いていった。

「わあ、涼しい！」

「だろだろ？　ずっと使えるものじゃあないけどね、夏の間くらいはもつよ。効果が切れてからは普通の団扇《うちわ》としても使える。これからどんどん暑くなるし、一枚どうだい？」

「いいですね。あの、玄湖さん、団扇《うちわ》を買ってもいいですか？」

「分かったよ。小春さんに夏の間涼しく過ごしてもらえるなら。ほら、この花模様なんか可愛いんじゃないかな？」

玄湖が指差したのは、ピンク色の花の絵が可愛らしい団扇《うちわ》だ。他にも二色の紫陽花《あじさい》や涼しげな流水模様、金魚に西瓜《すいか》まであって、どれも夏らしく風情《ふぜい》がある。

「……でも、なんだかこの狐の絵に惹かれます」

私はズラッと並んだ色とりどりの団扇《うちわ》の中で、隅っこにポツンと置かれた狐の団扇《うちわ》が気になってしまった。

真ん中に大きな絵が描かれている他の団扇《うちわ》に比べて、狐は控えめな大きさで周囲に桔梗《ききょう》の花がポツンポツンと描かれている。他の夏らしい絵に比べ、秋の花である桔梗《ききょう》は季節外れだし、余白が多く、華やかさでは負けている。けれど、なんとも言えない魅力を感じた。その狐がちょうど玄湖と同じ赤茶色というのも気に入ったし、青い星形の桔梗《ききょう》の花も涼しげでいいと思ったのだ。

「これにします」

「そ、そんなのじゃなくて、他にもっと華やかな絵がたくさんあるじゃないか……それ、売れ残りだよ。柄も夏っぽくないしさぁ」

玄湖はしどろもどろにそう言った。こんな言い方をするのは珍しい。

首を捻《ひね》った私に、司波は言った。

「んんん、もしかして、玄湖はなんにも説明してないのかい？　玄湖の花嫁さん、それは玄湖が描いたやつだぜ。いやあ、本当にお目が高いなぁ。売れ残りっちゃ売れ残りだけど、中の妖《あやかし》の羽は新しいものだから、他のと同じように使えるしさぁ」

「え、玄湖さんが描いたんですか⁉」

「そうともよ。何年か前にも団扇《うちわ》を作ったんだが、途中で絵師が逃げちまって。玄湖が昔絵を描いてたのを思い出してさ、何枚か描いてもらったんだ。その最後の一枚がこれさあ！」

「いやいや、絵にもハマッてちょっと描いたりしたけどさ、所詮素人《しろうと》の趣味だし……絵師の描いた団扇《うちわ》と並べると、こんなの未熟で恥ずかしいったら」

「玄湖がこんな風に恥ずかしがるなんて初めてだ。お前、花嫁さんを貰って随分変わったなあ」

「や、やめておくれよ」

玄湖は顔が真っ赤だった。こんな姿は見たことがない。

私は狐の団扇《うちわ》をギュッと握った。

「私これにします！　玄湖さんが買ってくれないなら、自分で買います！　おいくらですか？」

司波はケラケラと笑う。

「そう言ってもらえて嬉しいねえ。その団扇《うちわ》は花嫁さんにあげるよ。玄湖、せっかくだし家族の分も何枚か買っていきなよ」

「それはいいですね。これがあれば涼しく過ごせそうですもん」

「……司波さんたら、本当に商売上手なんだから。もう、仕方ないなあ」

玄湖は結局家族の人数分の団扇《うちわ》を買ってくれた。

「えへへ、毎度ありぃ」

「司波さん、しばらくは仕事を手伝ってやらないからね！」

玄湖がむくれたように言うと、司波は頭を抱えた。

「そう言うなってえ。また頼むよ！　玄湖は手先が器用だから何作っても上手じゃんかぁ」

そのやり取りがおかしくて、クスッと笑う。

そういえば、以前篠崎の屋敷でも、司波に頼み込まれて玄湖は彼の手伝いをしていた。きっとあの時も、こういうものを作るのを手伝っていたのだろう。

「情報もやるからさっ！　なあって！」

「……うん？　情報ってなんだい」

「それが、妖《あやかし》の天敵が東京周辺に出没してるらしくてさぁ、そいつに見つかった妖《あやかし》はただじゃすまないってよ。鬼の里の若い衆が襲われて、なんとか逃げたけど、大怪我したんだって。玄湖のとこにゃ、ちびっこいのも多いし、気を付けろよぉ」

物騒な話に私は眉を寄せた。

「まあ……妖《あやかし》にも天敵なんているんですか？」

玄湖や篠崎の強さは別格だろうが、鬼の娘でわずか三歳の皐月姫《さつきひめ》ですら、私より力持ちで身体能力が高いのだ。そんな妖《あやかし》に天敵がいるとは思ってもみなかった。

そんな私に司波はヘラヘラ笑いながら言う。

「ああ、天敵ってのは人間のことさ。人間って不思議だよなぁ。妖《あやかし》が見えたり見えなかったりするくせに、時には妖《あやかし》を退治するほど強いのもいるんだから」

司波の言葉に私は凍りついた。

人間が、妖《あやかし》の天敵。

そんなことは考えたこともなかった。

玄湖が私の肩を軽く叩く。

「小春さん、お坊さんや陰陽師《おんみょうじ》が悪い妖《あやかし》を退治した、なんて昔話を聞いたことがあるだろう。そういうことが出来る人間もたまにいるってだけの話だよ。最近の妖《あやかし》は人間と共存しようって大人しくしてるのが大半だし、人間全てを天敵と思っているわけじゃないからね」

私は無言で頷く。

そうだとしても、司波の情報は昔話ではなく、今の話なのだ。

司波はしょんぼりと眉を下げた。

「悪いこと言っちゃったな。でも、変な意味じゃないんだよぉ。俺は玄湖の可愛い花嫁さんに、嫌な思いをさせるつもりはなかったんだってば」

「分かってるって。気を付けるように言いたかっただけだろう？　帰ったら、みんなにも伝えよう。小春さんも外に行く時はなるべく一人にならないようにね」

「そ、そうします」

「それじゃ、気を取り直して、お祭りを楽しもうじゃないか」

私はコクンと頷く。せっかくのお祭りだし、と気分を切り替えた。

裏参道のお祭りも表と変わらず、妖《あやかし》たちは楽しそうに過ごしていた。何に使うのか分からない不思議なもの、大きな鱗《うろこ》や貝殻などのキラキラした綺麗なものも売っている。時折、トカゲや蛇《へび》のような怖いものも売っていたが、そんな屋台の前を通る時は玄湖にしがみついてやり過ごした。

たまに、体の透けた人が交じっていることもあった。魂《たましい》だけの存在らしく、神様の慈悲《じひ》でここで最期に遊んでから彼方《あちら》へ向かう人なのだろう、と玄湖から教えてもらった。

玄湖と二人きりで屋台を見て回るのは楽しい。久しぶりのデートなのだ。そう考えると自然と顔が綻《ほころ》び、胸には甘いときめきが湧き上がる。

「小春さん、随分歩いたけど疲れていないかい？」

「大丈夫ですけど、結構遅くなっちゃいましたね」

楽しくてついつい長居してしまい、すっかり夜が更けていた。

南天たちはもう寝ているかもしれない。

「――あら？　あんなところに小さな子が」

不意に目に入ったのは、牡丹と同じくらいの身長の女の子だ。

妖《あやかし》だらけの人混みの中、トコトコと歩いている。

ここにいるということは、彼女も妖《あやかし》なのだろうか。しかし、尻尾《しっぽ》やツノもなく、どこにも妖《あやかし》らしさがない。体が透けていることもなく、ごく普通の子供のように見える。ちょうど髪の毛も牡丹と同じおかっぱ頭だ。時折足を止めては、キョロキョロと誰かを探すように細い首を巡《めぐ》らせている。

「もしかしたら迷子かも。声をかけてみましょう！」

私はその女の子の側に行き、声をかけた。

「こんばんは。ねえ、貴方は一人で来ているの？」

「こ、こんばんわ」

女の子は目を丸くしながらも、私に返事をしてくれた。

「違ったらごめんなさい。もし貴方が迷子だったら力になれるかなって思ったの」

「えっと、ミチはねえ、アキ兄ちゃんを探しているのよ」

「おミチちゃんっていうのね。お兄さんとはぐれちゃった？」

「ううん。神様がお祭りに行ってきていいよって言ってくれたから、探してる」

「神様が……？」

首を傾げた私に、玄湖が説明してくれた。

「小春さん、この子は人間ではないみたいだ。この神社の神使《しんし》だと思う」

「神使《しんし》……神様の使いということですか？」

篠崎の屋敷にたくさんいる小狐たちのような存在なのだろうか。見た目はごく普通の少女にしか見えない。

玄湖はミチの前にしゃがみ、彼女と目線を合わせた。

「はじめまして。私は尾崎玄湖という、ここの近所に住んでいる狐だよ。それで、こっちは私の花嫁さんの小春さん。おミチちゃんはこの神社の神使《しんし》だね？」

「うん、そう。ミチは神使《しんし》なの。ずーっと前は人間だったけどね、父ちゃんも母ちゃんもミチもみんな病気で死んじゃった。一人残ったアキ兄ちゃんだけ寂しいの、可哀想でしょ。だからね、ミチは神様のところで、いつかアキ兄ちゃんが来るのを待たせてもらっているのよ」

「そうか。……お兄さんだけ生き残ってしまったのか。小春さん、この子はお兄さんが天寿《てんじゅ》を全《まっと》うするまで、この神社で神使《しんし》をしながら待たせてもらっているみたいだ。お兄さんが彼方《あちら》に渡る時、この子も一緒に行くんだろう」

こんな幼い子が、と少なからずショックだった。しかし、彼女は自分の死を嘆いてはいない。一人現世《うつしよ》に残された兄の身を案じている。その健気《けなげ》な思いに胸がきゅうっとなった。

「じゃあ、迷子じゃなかったのね。早とちりしちゃってごめんなさい」

「ううん、いいよ。お姉ちゃんたち、もしもアキ兄ちゃんに会えたら、ミチが待ってるよって伝えてね」

「ああ、会えたなら必ず伝えよう。お兄さんの名前は分かるかい？」

玄湖は優しい声でそう請け負った。

「アキ兄ちゃんはね、アキラっていうのよ。えーっとね、ササキアキラ！」

「よーし、覚えた。私は記憶力がいいからね。ササキアキラさんに会ったら必ず伝えるよ」

ミチは安心したように笑った。

「ありがとう、狐のおじちゃん！」

「お、おじちゃん……」

玄湖はおじちゃんと呼ばれて地味にショックを受けているようだ。

「ねえねえ、お姉ちゃんの持ってるお人形、可愛いねえ！」

ミチが小さな手で指差したのは、さっき表の屋台のくじで当てた人形だった。なくさないように帯締めにくくりつけておいたのを、すっかり忘れていたのだ。

「もしよければ、おミチちゃんにあげようか？」

「いいの⁉」

ミチは目をキラキラと輝かせた。その様子は神使《しんし》といってもごく普通の子供と変わらない。

帯締めにくくりつけていた紐《ひも》を外し、ミチに手渡した。

「こんな可愛いの、ミチ初めて！」

ミチは頬を真っ赤にし、人形をギュッと抱きしめている。

「喜んでもらえてよかった」

「えっと、お返ししなきゃ。これあげる」

ミチから代わりにお手玉を渡された。

「お返しなんて構わないのに。これは大切なものでしょう」

ミチの手のひらにちょうどいい小さなお手玉は、臙脂《えんじ》色の着物の端切れで作られており、ミチと白い糸で刺繍《ししゅう》がしてある。やや擦り切れた縞《しま》模様の布地から、長い間持っていたものなのだと分かる。もしかすると、ミチの母親の手作りなのかもしれない。

「大丈夫よ。神様のところにはもっとあるから。それに神様が貰いっぱなしはダメって言うの。だから、それあげる！」

「……ありがとう。大事にするわね」

「うん！　ミチもお人形大事にするね」

屈託《くったく》のない笑顔につられて、私もぎこちないながらも笑みを返した。

「じゃあ、ミチはアキ兄ちゃんを探すから、またね！」

ミチは人形をしっかり抱きしめ、手を振って去っていった。

「あんな小さな子が……しかもお兄さん以外の家族が全員……だなんて」

考えただけで、胸の中が冷たい水でいっぱいになるかのようだ。

父が亡くなり、一人ぼっちになってしまった寂しさは私もよく知っていた。

一人残された彼女の兄も、あんな気持ちを味わっているのだろうか。

「小春さん……」

玄湖が優しく背中を撫でてくれる。その手の温もりに、私は息を吐いた。

「……私にどうにか出来ることじゃないっていうのは分かっているんです。でも、悲しいなって……」

「そうだね……。もし、ササキアキラさんを見つけたら、おミチちゃんのことを教えてあげよう。たまにこの神社におミチちゃんの様子を見に来るのもいいかもね。このお手玉は私が預かっておくよ」

私は頷いた。

「小春さん、そろそろ帰ろうか。ほら、なんだか一雨来そうだよ」

見上げると、暗い夜空は黒い漆《うるし》をべったり塗りつけたかのようで、月も星も見えない。しかし玄湖の言う通り、雨の匂いがした。

「本当、雨が降りそうですね」

雨の匂いを嗅ぎつけたのか、妖《あやかし》たちも屋台をぽちぽち片付け始めている。お祭りもそろそろおしまいのようだ。

「ほら、あそこで蛙《かえる》の妖《あやかし》がご機嫌で歌ってる。これはそろそろ降り始めるよ」

法被《はっぴ》を着た人間の胴体に雨蛙《あまがえる》の頭をした妖《あやかし》が、楽しそうにゲコゲコと歌い、ヘンテコな踊りをしていた。それに負けじと、真っ赤なタコ頭の妖《あやかし》も手足をうねうねとくねらせるている。

「ふふ……」

そのユーモラスな動きに、思わず笑みが漏れる。

玄湖は金色の瞳を細めて私をじっと見つめた。

「うん、小春さんにはそうして笑っていてほしいな」

ドキンと胸が音を立て、私は玄湖の腕に抱きついた。

「……もう大丈夫です」

「うん。じゃあ、帰ろうか」

父が亡くなった時は悲しくて寂しくてたまらなかった。世界にただ一人きりで取り残されたような、そんな気がしていた。でも今は、玄湖がいる。

お重にお楽、そして南天と檜扇、牡丹に麦も。

私には帰る場所があり、大切な家族がいるのだ。

ミチの兄もそうであってほしい。そう、思ったのだった。

二章

雨が音を立てて降っていた。

屋根に雨粒が当たる音と、雨樋《あまどい》からひっきりなしに水が流れる音が合わさって、複雑な音色になっている。曲名をつけるなら『蛙《かえる》の喜び』といったところだろうか。

お祭りの日の夜から降り始めた雨は、一週間近く降り続いていた。

雨は嫌いではないとはいえ、さすがにこれだけ続くと洗濯物は乾かないし、少々ウンザリしてしまう。喜んでいるのは蛙《かえる》くらいのものだろう。

南天や檜扇も家の中では有り余った体力を発散しきれず、うっかり障子に穴を開けては、牡丹に怒られていた。

私も雨では掃除が捗《はかど》らず、すっかり暇を持て余して怠惰《たいだ》な日々を送っている。

玄湖はといえば、篠崎に頼まれて、この雨の中、出かけてばかりだった。

このあたりの雨はさほどでもないが、山の方では大雨だそうで、あちこちで崖崩れが起きているらしい。それで難儀している親族の狐の手助けをしに行ったのだ。少し心配だが、玄湖なら大丈夫だろう。

梅雨《つゆ》なので、湿度だけでなく気温も高い。何もしていなくてもじっとりと汗ばんでくるような日々に、誰も彼も憂鬱《ゆううつ》そうにしている。麦までもが、きゅふぃーっと大きなため息を吐《つ》くほどだ。この間のお祭りで買った団扇《うちわ》がなければ、もっとしんどかっただろう。

「早く雨がやむといいけど……」

そう独りごちたところで、出かけていた玄湖が戻ってきた。

「おかえりなさい」

「ただいま、小春さん。手伝いのお礼に西瓜《すいか》を貰ったよ」

玄湖は、まん丸で縞《しま》模様がくっきりした西瓜《すいか》を抱えている。

「わあ、大きな西瓜《すいか》！　初物ですね」

一抱えはありそうな、立派な西瓜《すいか》だ。人数の多い尾崎家のみんなで分け合っても、十分な量があるだろう。

「井戸で冷やしておきますね」

「それがね、まだまだたっくさんあるんだよ。厨《くりや》に入りきらないって、お重に小言を言われてしまったくらいさ。これからしばらくは西瓜《すいか》が続くと思うよ。西瓜《すいか》は美味《お》しいからいいんだけどね」

ふう、と息を吐く玄湖はいつになく疲れている様子だ。優しげな目の下に、いつもはない隈《くま》を見つけた。

「玄湖さん、だいぶお疲れみたいですね。少し休んだ方が……」

「いや、もう一回出かけなきゃならないんだよ」

「またですか？」

山の方の崖崩れはそんなにひどかったのだろうか。

玄湖は私の心を読んだかのように言った。

「大丈夫、崖崩れの避難を手伝うのは終わったんだ。ただ、その近辺でちょっと不審な人間の目撃情報があったものだから、一応見回っておこうってことになったのさ」

「それってもしかして、この間のお祭りで司波さんが言ってた……」

妖《あやかし》の天敵という人間のことだろうか。大怪我をした妖《あやかし》もいると言っていたし、玄湖には危ない目に遭ってほしくない。

しかし玄湖はへらっといつもの笑顔を浮かべた。

「平気だよ。その可能性があるってだけさ。もし見つけても、いきなり喧嘩を売ったりしないし、あくまで見回りだけ。二、三時間で戻ってくるからね」

俯《うつむ》いた私の頭を玄湖が安心させるように撫でた。

「そうだ、帰ってきたら小春さんが作ってくれたものが食べたいな。そうしたらきっと元気が出るからさ」

玄湖は私の髪を一房掬《すく》い取り、軽く口付けた。

その仕草に自然と頬が熱くなる。

「わ、分かりました。そうだわ、せっかくだし、西瓜《すいか》を使ったデザートを用意しておきますね！」

「わあ、楽しみだ！　さっそく元気になってきたよ！」

玄湖はおどけながら拳《こぶし》を突き上げている。

疲れているのに、私を元気づけようとしているのだ。それが分かり、胸の中が温かくなったのだった。


さて、玄湖が戻ってくるまでにデザートを作ろう。

「南天、檜扇、それから牡丹も、もしよかったらお手伝いしてくれないかしら」

「お手伝い？」

「何するの？」

外で遊べず、畳の上に転がっていた南天と檜扇がガバッと起き上がり、子犬のように瞳を輝かせて駆け寄ってくる。

「お手伝いか……牡丹にも出来るじゃろうか」

「もちろんよ。あのね、白玉フルーツポンチを作ろうと思うの」

せっかくなのでみんなで白玉作りをしようと思いついた。外で遊べない子供たちも、少しは気分転換になるだろう。

「ふるーつぽんち？」

聞き慣れない言葉に、牡丹が大きな目をぱちぱちさせている。

「ふふ、作りながら説明するわ」

私はお重に頼んで用意してもらった白玉粉と水を食卓に置いた。

「みんな、白玉は食べたことがあるでしょう？　あれは、この白玉粉から作るのよ」

お重が何度か白玉を作ってくれたことがあった。甘さ控えめの茹《ゆ》で小豆《あずき》をたっぷり載せて食べるのが尾崎家流の白玉である。それも美味《おい》しいが、今回は特別製だ。

「この白い粉で白玉が出来るの？」

「粉なのにもちもちになるの？」

「ほう、不思議じゃのう」

三人は揃って首を傾げた。とても可愛らしい。見ているだけでニコニコしてしまう。

「この白玉粉に同じ分量のお水を加えて、こねていくのよ」

今まで作り方を考えたことはなかったのだろう。実践してみせると目を輝かせて食いついている。

最初は少なめに水を入れて、ちょっとずつ足しながら、ちょうどよくまとまるようにこねていく。

「まだパサパサだよ」

「ポロポロしてるよ」

「ふむ、粘土みたいじゃ」

「牡丹の言う通り、粘土みたいよね。耳たぶより少し硬いくらい……って、本物の耳たぶがあるのは私だけだったわ」

南天と檜扇は人形なので耳はリアルだが触り心地は本物とは少し違う。そして牡丹は狐の耳である。

「私の耳でよければ触ってみて、それから生地《きじ》に触って、硬さを確かめてみて」

彼らは興味深そうに手を伸ばして私の耳たぶに触れる。クスクスと笑い声が漏れた。

「小春の耳、柔らかい！」

「小春の耳、全然違う！」

生地《きじ》にも触れて、硬さや感触を楽しんでいる。

「こんなものかしら。これを細く伸ばして……」

棒状に伸ばし、一口くらいの大きさに千切っていく。

「さあ、これからみんなに手伝ってもらうわよ。これを両手でコロコロ丸めていくの。そうしたら少しだけ押して、真ん中をへこませてね」

「わ、白玉っぽくなった！」

「でも、まだ粘土みたい！」

「なんだかペタペタするのじゃ」

「大丈夫。これを茹《ゆ》でたらいつもの白玉になるわよ。たくさん作るから、協力して頑張りましょう！」

　はーい、と三人は声を揃えた。

　いつの間にか側に寄ってきた麦もきゅうきゅうと手伝いたそうに鳴いていたが、さすがに麦の肉球では白玉を丸めることは出来ない。

「麦は味見係にしてあげるから、もう少し待っていてくれる？」

「きゅうーん！」

　麦は味見係と聞き、「喜んで」とでも言うように、高らかに鳴き声を上げたのだった。

　私はせっせと白玉粉をこね、それを南天たちがコロコロ丸めていく。みるみるうちに山のような白玉が出来上がった。みんなたくさん食べるから、いくらあってもいいだろう。

「さあ、次は茹《ゆ》でていくわよ」

厨《くりや》に行き、大鍋に沸かした湯に白玉を沈めていく。

くっつかないようにかき混ぜながら、麦に茹《ゆ》でたての白玉を味見してもらう。大丈夫そうなら完成だ。

「麦、どう？　硬くないかしら」

「きゅん！」

麦は大丈夫と言うように、その場でくるっと回った。

「うん、大丈夫そうね」

「出来た？」

「完成？」

「ええ。それじゃざるに上げるわよ。お湯がはねて火傷《やけど》しないように、そうっとね」

ざるに上げ、冷ましたものをみんなでいただく。麦は二回目の味見である。

「うん、もちもちして美味《おい》しくできたわね」

「これどうするの？　黒蜜ときな粉？」

「これどうするの？　茹《ゆ》で小豆《あずき》は？」

「それもいいけど、今日はひんやりで美味《おい》しい特別なデザートにしましょう」

白玉はそのまま置いて冷ましておく。

その間に用意したのは、玄湖が貰ってきた西瓜《すいか》である。井戸で冷やしていたので、触れるとひんやりしていた。

西瓜《すいか》は器にするので、大ぶりの西瓜《すいか》の上三分の一をジグザグに切っていく。ちなみに切ってくれたのはお重だ。

お重が研いだ包丁はスパスパとよく切れるので、私にも出来そうだが、万が一にも私に怪我をさせたくないからと、包丁を取り上げられてしまったのだ。

「小春奥様、こんな感じですかね？」

「ばっちりよ！　さすがお重ね」

「これくらい、いつでも任せてくださいよ！　小春奥様のお料理は珍しい味で、あたしも楽しみにしてるんですから」

「ありがとう。出来上がったらみんなで食べましょうね」

お重に切ってもらった西瓜《すいか》の果肉をスプーンでくり抜いていく。ちょっとコツがいるが、これは南天と檜扇がやりたがり、スイスイとくり抜いていった。

「これ、楽しい！」

二人は声を揃えて言った。

麦には、ここでも味見係として、くり抜いた西瓜《すいか》を一つ食べてもらった。

西瓜《すいか》のくり抜きは南天たちに任せ、私と牡丹は篠崎の隠れ里からお裾《すそ》分けしてもらった桃を切っていく。ついでに、尾崎家の庭にある桑の木の熟して黒くなっていた実を一緒に入れることにした。

中身をくり抜いた西瓜《すいか》の器が出来上がり、一口サイズに切った果物と白玉を入れていく。砂糖と水でシロップを作り、西瓜《すいか》の汁と合わせて器に注《つ》いだら完成だ。

「きれーい！」

「美味《おい》しそーう！」

「わあ、キラキラなのじゃ！」

緑色の西瓜《すいか》の器の中に、真っ赤な西瓜《すいか》の果肉や白玉や桃、黒い桑の実がツヤツヤと映えて、まるで宝石箱のように綺麗だ。

「西瓜《すいか》が赤くて、南天みたい！」

「桑の実黒くて、檜扇みたい！」

「ではでは、牡丹は桃で、麦は色が違うが、ぷにぷにだから、白玉じゃな！」

「わ、本当ね。みんなみたいな素敵な白玉フルーツポンチが出来たわ」

このフルーツポンチは、私が幼い頃に、母が婦人雑誌で見たレシピを参考に作ってくれたものだった。あの時は頂き物の西瓜《すいか》に白玉を入れただけだったが、暑さで食欲がなくなっている時に、甘くさっぱりしているフルーツポンチは喉を通りやすく、その頃既に病気がちだった母も食が進んでいたのを覚えている。

「ただいまぁ……」

玄関の方から玄湖の声が聞こえてきた。一仕事終えて戻ってきたようだ。

「ちょうどよかった。玄湖さんが帰ってきたから、みんなでおやつにしましょう！　白玉はたくさんあるから、おかわりも出来るわよ」

やったー、とみんながぴょんぴょん飛び跳ねて喜んだ。

玄関で出迎えた玄湖を、居間に引っ張ってくる。

「玄湖さん、おかえりなさい。みんなで作ったんですよ」

「わあ、これは綺麗だねえ！　こんなの、銀座のパーラーじゃないと食べられないと思っていたよ！」

完成したフルーツポンチをお披露目《ひろめ》すると、疲れた顔をしていた玄湖は、途端に目を輝かせて私に飛びついた。

「きゃっ」

「ごめんごめん、あんまりにも嬉しくて。ああー、疲れた体に小春さんが沁《し》みるなぁ」

そう言って、ぐりぐり頬を擦り付けてくる。こんな風に甘えてくるということは、相当疲れたのだろう。このところの仕事ぶりは、私が尾崎家にやってきたばかりの頃とは比べものにならないのだ。

「もう、玄湖さんったら。さあ、召し上がれ」

クスッと笑いながら西瓜《すいか》の器のフルーツポンチを硝子《がらす》の器に取り分け、玄湖に手渡した。

「いただきまーす」

パクッと西瓜《すいか》を口にした玄湖が目尻を下げた。

「ああ、甘いし、よく冷えていて美味《おい》しいねえ。喉にスルッと入っていくよ」

「湿気もあるし、外は暑かったでしょう。冷たい果物は喉を通りやすいから」

「うん、ありがとう」

玄湖は目尻を下げて笑ってくれた。

「さあ、みんなも食べましょう」

みんなは思い思いに器に盛り、ひんやり冷えたフルーツポンチを食べ始めた。その様子を私はじっくり見る。

麦はきゅうきゅうと鳴きながら硝子《がらす》の器に顔を突っ込み、西瓜《すいか》の汁で鼻面《はなづら》を真っ赤にしていた。

南天と檜扇は白玉を口いっぱいに詰め込んで両頬をリスのように膨らませ、牡丹は果物の味を一つずつゆっくり堪能している。食べ方にもそれぞれ個性があるようだ。いずれにせよ、みんなの喜びようを見ているだけで胸がいっぱいになってくる。

お重とお楽も味には満足してくれたようだ。

「いつもの白玉も好きですが……これは暑い最中にいいですね……」

「本当だね！　暑い時期に食が細くなっても、これならいくらでも食べられそうじゃないか！」

「おやまあ、お重はどれだけ暑くても食が細くなったことなどないというのに、おかしなことが聞こえたような……」

「なんだってぇ！」

「はいはい、お重とお楽は喧嘩しないの！」

お重とお楽のいつもの小競り合いを止めながら、私もフルーツポンチを口に運ぶ。

桃や桑の実が入っていて、西瓜《すいか》と白玉だけだった母の味とは少し違うが、優しい甘さで、負けず劣らず美味《おい》しいフルーツポンチだった。

きっとみんなで一緒に食べているからかもしれない。

玄湖も白玉フルーツポンチで元気を取り戻した様子だ。

「そういえば、一通り見回りをしてきたけど怪しい人は特にいなかったよ。これで私もやっと休めそうだ」

「よかった！」

外はまだ雨が降っているが、家族との穏やかな時間が過ぎていく。

いつまでもこんな日が続けばいいのに。そう思ってしまうような優しいひと時だった。


雨はいつかやむという通り、ずっと続いていた雨はそれから間もなく降りやんだ。

次の日は、朝から青空が広がり、庭の緑もお日様を喜んでいるように青々と輝いていた。

久しぶりに晴れたので、お楽が溜まった洗濯をするのを手伝う。洗い終えた洗濯物をパンッと伸ばし、せっせと干していった。干し場で爽《さわ》やかな風に洗濯物がはたはたと揺れる様は眩《まぶ》しいくらいだ。

「昨日までとは打って変わっていい天気ねえ。気持ちいいわ」

「小春奥様……手伝ってくださって、ありがとうございます。この感じですと、今日は一日晴れるでしょう……。ようやく洗濯物が片付いて、楽もホッとしております。後で布団も干しておきますね」

「どういたしまして。ふかふかのお布団は嬉しいわ」

「ええ……楽も干したての布団の香りが好きです……」

天気がいいせいだろう。お楽は細面の顔を綻《ほころ》ばせ、いつにも増して機嫌がいい。

「久しぶりの太陽だものね。屋敷中の襖《ふすま》を開けて風を通さないとね。雨ばかりで牡丹がムズムズするって言ってたもの」

「まあ、本体が屋敷だというのは大変ですねえ……」

ふと思い出して、私は手を叩いた。

「そうだ！　晴れているうちに、私の実家も風を通しておかなきゃ！」

人が住まない家はすぐに傷《いた》んでしまうものである。

そのため、尾崎家に来てからも時々は実家の換気をしていたが、ここのところ雨続きで出来なかったのだ。

「ついでに掃除もしたいわね」

「まあ……それでしたら、子供たちも連れていっていただけませんか……？　庭に布団を干すつもりですが、久しぶりの晴れ間であの子たちが興奮して走り回ったら、布団が汚れてしまうかもしれません……」

雨続きで洗濯物が多く、干し場が足りない様子だ。布団があろうと、平気で庭を駆け回る南天たちの様子が目に浮かぶ。

「分かったわ。お手伝いとして、あの子たちも一緒に連れていくわね」

「お願いいたします」

それに私も玄湖に一人で外出しない方がいいと言われているのだ。

南天と檜扇に声をかけると、喜んでついてきてくれることになった。

「玄湖さん、今日は休んでいてくださいね」

玄湖は、ぐんにゃりと骨がなくなったように、縁側に転がって日向《ひなた》ぼっこをしている。昨日の今日で疲れがまだ取れていない様子だ。ゆっくり休んでいてほしい。

「うーん、申し訳ないけど、そうさせてもらおうかなぁ。南天、檜扇、小春さんが危険な目に遭わないように、何かあったら、小春さんを守ってみんなで逃げるんだよ」

「玄湖に言われなくてもそうするよーだ！」

「玄湖に言われる前に倒しちゃうよーだ！」

南天と檜扇は、玄湖に向かってベロベロバーをした。

「こーら、玄湖さんにそんなことしちゃダメでしょう！」

「ああ、いいんだよ。お前たちはいつでも元気だねえ」

私は南天たちを怒ったが、当の玄湖は優しい笑みを浮かべている。ただし寝転がったままではあるが。

「麦も寝てるから、このまま寝かせておこう」

麦は玄湖の側で、ぷうぷうと寝息を立てて眠っている。あまりに気持ちよさそうで、起こすのが忍びない。

「牡丹はどうする?」

「主人様《あるじ》のお側にいたい気持ちはあるのですが、小春の家も見てみとうございます。小春の家……もしや、牡丹の後輩になるのじゃろうか」

顎《あご》に手を当て、真面目な顔で牡丹がそう言う。

「うーん、私の実家はまだまだ屋敷神《やしきがみ》にはならないんじゃないかしら。でも、牡丹が見たら何か分かるかもしれないわ。一緒に行きましょうよ」

「うむ、そうする! 先輩として教えることがあるやもしれぬしな」

屋敷神《やしきがみ》は家同士で話したりするのだろうか。楽しそうな牡丹に私もクスッと笑った。

「じゃあ、いってきます」

玄湖は、立派な五本の尻尾《しっぽ》をフリフリさせて、返事の代わりにしたようだ。疲れているとはいえ、随分な横着である。

と、思ったら庭先にいた烏《からす》が、突然、玄湖の尻尾《しっぽ》を目がけて襲いかかった。ふさふさの尻尾《しっぽ》から毛をぶちぶちと引っこ抜き、さあっと飛んでいく。

「わ、痛そう……」

「うーっ……！　や、やられたぁ……」

玄湖は大袈裟《おおげさ》な動作で、ガクリと縁側で力尽きる。

「玄湖さん、尻尾《しっぽ》、大丈夫ですか？」

玄湖は眉を下げ、尻尾《しっぽ》をさすった。

「今のはちょっと痛かったよ……。巣材集めにしちゃ、時期が遅過ぎやしないか。単にイタズラかねえ」

「また来るかもしれないから、縁側で寝るのはやめた方がよさそうですね」

私はよしよしと、むしられた玄湖の尻尾《しっぽ》を撫でてあげた。

「烏《からす》とはなんと恐ろしい……」

牡丹はブルッと震えて、自分の尻尾《しっぽ》を押さえている。

尾崎家はぐるりと周りを塀で囲まれており、二重門と橋を越えなければ、出入り出来ない構造になっている。しかし空を飛べる鳥は普通に入って来てしまう。狐の尻尾《しっぽ》を持つ牡丹は、すっかり烏《からす》が恐ろしくなってしまったらしい。

「この姿では、牡丹は身を守ることが出来ぬゆえ、烏《からす》に襲われたらと思うと……」

牡丹は憂鬱《ゆううつ》そうに俯《うつむ》く。

屋敷神《やしきがみ》である牡丹の本体はあくまで屋敷であり、今の少女の姿でいる時は、妖《あやかし》としての本来の力は使えないらしい。それもあって余計に怖いのだろう。

「南天、檜扇。牡丹の尻尾《しっぽ》が狙われないように守ってくれる？」

「任せてよ！」

「追い払うよ！」

私が頼むと、南天たちは胸を張って請け負ってくれる。

その言葉に、牡丹もホッとしたように顔を綻《ほころ》ばせたのだった。

南天たちを引き連れて松林をてくてく歩き、懐《なつ》かしい実家に到着した。

鍵を開け、玄関の引き戸を開ける。しばらく留守にしていたが、特に変わりはないようだ。雨続きだったが、黴《かび》臭くなっていないことにホッとした。

「ここよ。そういえば、南天と檜扇は来たことがあったわね」

まだ彼らがどうもこうもと名乗っていた頃のことだ。

「うん、覚えてるよ。小春に連れてきてもらったの」

「うん、覚えてるよ。小春に首を繋げてもらったの」

亡き父の仕事道具の膠《にかわ》を使って、応急処置として切り離された首を繋げたのだ。

あの時は二人を少し恐ろしく感じたが、今はとても可愛い大切な家族だ。そして、今は牡丹という新しい家族も増えている。

私はまず父母の位牌《いはい》に手を合わせた。南天たちも見よう見まねで手を合わせている様子が可愛らしい。

「さあて、お掃除しましょうか」

「おっみずー！」

「汲《く》むよー！」

南天と檜扇は、歌いながら溌剌《はつらつ》と井戸に水を汲《く》みに行った。頭に桶《おけ》を乗せ、まるで踊るように跳ねている。

牡丹はといえば、そっと大黒柱に寄り添い、目を閉じていた。

私は牡丹の邪魔をしないように、閉めていた板戸を静かに開けて家の中に風を通す。

湿気がこもった空気が出ていき、代わりに松の香りのする風がさあっと入ってくる。

その心地よさに、うんと背伸びをした。

南天たちが水を汲《く》み終えたら掃除開始だ。

家というものは住んでいなくとも埃《ほこり》は溜まる。箒《ほうき》で掃き清めたあと、濡らした雑巾でしっかりと拭き上げた。

「こんなものかしら。休憩にしましょうか？」

南天と檜扇の手伝いのおかげもあり、掃除を済ませても、まださほどの時間は経っていない。

牡丹はまだ大黒柱にくっついて目を閉じていたが、ふと口を開いた。

「この家はとても大切にされてきたと言っておるな」

「まあ、この家の言っていることが分かるの？」

「まだこの家は屋敷神《やしきがみ》でないゆえ、言葉としてではないのだが、牡丹にはそう伝わってきた」

「嬉しい。両親が大切にしていた家だもの。でも、たまにしか来られないから、寂しくさせてしまっているかしら」

「うーん、そうじゃのう。牡丹もこの子ともっと仲良うしたい。道も分かったから、これからはたびたび会いに来てもよいだろうか」

牡丹がそう言ってくれるのは嬉しい。

「ええ、もちろんよ。でもしばらくは一人で行動しちゃダメよ」

この松林の中は玄湖の結界で安全なはずだが、念には念を入れた方がいい。

「――ん？　小春、何か嫌な音が近付いてくる」

牡丹は突然眉を顰《ひそ》めて、大黒柱から耳を離した。

「え？」

「本当だ。ざわざわする」

「本当だ。ピリピリする」

南天たちも、それまではしゃいでいたのが嘘のように、足を止めて言った。

「……小春」

不安そうに牡丹が私の背後に隠れるように縋《すが》ってくる。

彼らの視線は玄関に向けられていた。由良家はさほど大きくない。襖《ふすま》を開けていれば居間から玄関は丸見えである。

サクサクと土を踏む足音が聞こえたと思ったら、不意に玄関の引き戸がガラッと開いた。

「――あらま、鍵が開いてるじゃないか」

「わはは、そりゃ鍵を壊さずに済んでよかった、よかった」

その声に私は凍りついた。

「お、叔父さん……叔母さん……ど、どうして」

もう二度と会うことはないと思っていた叔母夫婦の声だった。

でっぷりと腹が肥え太った信楽焼《しがらきやき》の狸のような叔父、衿《えり》を抜いた派手な着物で女狐という言葉が似合う叔母。

彼らは亡き母の妹夫婦で、かつて私を嘘の借用書で見知らぬ老人の妾《めかけ》にしようとし、この家を奪おうとした。玄湖が妖術で私を助けてくれなかったら、今の私の幸せはなかっただろう。

あの時、叔母夫婦が再びこの家に戻ってこられないように、玄湖が松林に結界を張ってくれたはずだ。だというのに、ここに叔母夫婦が現れたのは、一体どういうことなのか。

叔母は玄関で足を止め、片眉を上げた。

「おや、小春じゃないか。アンタ、戻ってたのかい！　なんだい、その変な子供……いや、人形かい……？　なんだか気味が悪いねえ」

叔母は南天と檜扇に冷たい視線を向けた。二人は精巧に出来ているけれど、玄湖の術がないと人形に見えるようだ。

「小春、この人たち誰？」

「小春、知らない人だよ」

南天と檜扇が不安そうに尋ねてくる。それを見て、叔母は飛び上がった。

「わっ、人形が動いた！　あ、妖《あやかし》だぁ！」

「じ、仁公《じんこう》殿、ほれ、妖《あやかし》です！　この娘は妖《あやかし》に取り憑《つ》かれとるんです！　お助けください！」

そこにいたのは叔母夫婦だけではなかった。

二人の後ろに見たことのない男が立っているのに気付く。

「ううむ、これは危険だ。そなたらは下がっていなさい」

叔父に仁公と呼ばれた男がそう言うと、叔母夫婦はそそくさと外に出て、戸口から顔だけ覗かせている。

仁公と呼ばれた男は亡くなった父と同じくらいの年頃だろうか。げっそりと頬が痩《こ》けて、妙に顔色が悪い。伸びかけの坊主頭には白髪《しらが》が混じっている。痩《や》せて骨ばった体に、結袈裟《ゆいげさ》に篠懸《すずかけ》という修験者《しゅげんしゃ》の衣を纏《まと》い、手には金属製の錫杖《しゃくじょう》を握っていた。

それだけではない。両手首には数珠《じゅず》や動物の牙を連《つら》ねたもの、目玉のような外国のものと思しきお守りを幾重《いくえ》にも巻き付けている。首にも長い法霊数珠《じゅず》だけでなく、十字架のネックレスと馬の蹄鉄《ていてつ》などをジャラジャラと下げているのだ。その異様な風体《ふうてい》からして、普通の修験者《しゅげんしゃ》でないことは明らかだった。

「あ、貴方は一体……」

「そなたは妖《あやかし》に憑《つ》かれているのだ」

男性は私の質問に答えようとはせず、太い数珠《じゅず》をキツく握りしめた。

「狐ですよ、仁公殿！　アタシらは狐に化かされて、全財産を盗られちまったんです！　小春に取り憑《つ》いているんですよぉ！」

叔母が戸口から顔だけ出して唾を飛ばしてくる。

「狐だけではないな。狐の妖《あやかし》は一体、人形の妖《あやかし》が二体か。全て某《それがし》が退治してくれようぞ」

「た、退治……!?」

その言葉に心臓が嫌な音を立てた。

もしや、以前に司波が言っていた妖《あやかし》の天敵である人間とは、この男だろうか。

「恐れることはない。人であるそなたに危害は加えん。ただ、妖《あやかし》のみが標的だ」

仁公は声を荒らげることなく、私に向かって静かにそう言った。

「さあ、そこを退きなさい。すぐに救ってやろう」

「い、嫌です……！　この子たちは私の家族です！」

私は背後の牡丹を庇《かば》うように両手を広げた。

「妖《あやかし》に魅入られているのか。愛らしい子供の姿をしていても、妖《あやかし》には人を殺す力がある。某《それがし》は家族全員を妖《あやかし》に殺されたのだ。もうそんな思いを誰にもさせたくはない。そなたを助けに来たのだ」

「そうだぞ、小春！　この仁公殿は妖《あやかし》の退治人で、とても強いお力を持っているお方なんだ」

「妖《あやかし》に取り憑《つ》かれたお前を助けにきてくれたの。しかも、無料で……うふふ、だからもう観念なさい！」

こんな時でも欲の皮が突っ張っている叔母夫婦に、怒りが湧く。

「わ、私は取り憑《つ》かれてなんていません！」

「妖《あやかし》に取り憑《つ》かれた者はみなそう言うのだ。大丈夫だ。救ってみせよう。だが、その前に……その妖《あやかし》どもは危険だ。排除せねば」

仁公が玄湖の言っていた妖《あやかし》の天敵であれば、妖《あやかし》を退治する術《すべ》を持っているのだろう。大怪我をした妖《あやかし》がいたと聞いたのを思い出し、血の気が引いた。

「いけない！　みんな、逃げて！」

逃げようにも、玄関には仁公が立ち塞がっている。裸足のまま掃き出し窓から逃げてもらうしかない――そう思った瞬間、仁公は手にしていた錫杖《しゃくじょう》で床を突いた。ジャラン、と、錫杖《しゃくじょう》の金属を擦り合わせる音がした。

その途端、私の後ろにいた牡丹が、ぺたりと床に座り込んだ。

「牡丹⁉　どうしたの？」

「この音……力が、抜ける……立っていられぬ」

南天と檜扇もふらっとよろけたが、なんとか倒れずに持ちこたえた。

「ふむ、これで倒れぬとは。幼子の姿をしていても、なかなかの強さを持つ妖《あやかし》どものようだ」

「こんなんじゃ負けないよーだ！」

南天と檜扇はふらふらしながらも、仁公に向かってあっかんべーをして見せた。

音の効果はそう長く続かなかったようだ。南天たちはすぐにしっかりし始めた。座り込んでいた牡丹も、ふらつきながら柱に縋《すが》って立ち上がる。

「こ、小春……」

「牡丹、大丈夫？」

「な、なんとか。だが、南天と檜扇が……どうしよう」

「南天、檜扇、動けるなら牡丹を連れて逃げて！」

そう頼むが、南天たちは人形の硝子《がらす》の瞳に敵意を張《みなぎ》らせている。

「嫌だ！　倒しちゃおうよ！」

「うん！　修行したもんね！」

負けん気の強い彼らに、逃げるという選択肢はないようだ。

「ダメよ！　逃げてってば！」

私が制止しても聞いてくれない。

南天たちは、目にも止まらない速度で、軽やかに仁公のもとへ走る。

「待って、南天、檜扇！」

必死で制止の声をかけたけれど、私では二人に追いつけるはずもない。

大切な家族が傷付けられるのは嫌だ。しかし同時に南天たちにも、人を傷付けてほしくない。人と争わないでほしい。

「ふむ……で、あれば」

仁公は錫杖《しゃくじょう》を投げ捨てた。両手で印を結び、真言《しんごん》のようなものを唱え始めた。

「やーっ！」

かけ声を合わせ、左右から南天と檜扇が仁公に殴りかかる。その速度は稲妻のようで、人間では避けられるはずはないだろう。私には目で追うのすらやっとだった。そんな勢いで殴られた仁公が、どうなったか直視するのも恐ろしい。

しかし、バチンッと激しい音がして、吹っ飛んだのは南天と檜扇の方だった。

「いたあっ！」

「わああっ！」

声を上げて襖《ふすま》に衝突した。二人を受け止めた襖《ふすま》はべっこりとへこみ、くの字に曲がっている。

南天たちは襖《ふすま》にぶつかった衝撃のせいか、すぐには起き上がれない様子でもがいている。対する仁公は何事もなかったかのようにその場に立ったままだ。

よく見ると、水の膜のような透き通った半球が仁公をスッポリと覆っていた。それのおかげなのか、まったくの無傷に見える。

「なんと、防御の術さえもギリギリであったか。子供のような姿のくせに、なんと恐ろしい妖《あやかし》どもだろうか。だが、これで終わりだ」

仁公は懐《ふところ》からびっしりと墨で書き込みがされた札を二枚取り出した。

「オンバザラボクシャボク！」

パチィンッと親指と人差し指で爪弾きをし、真言《しんごん》らしき言葉を唱えた仁公が、南天と檜扇に札を飛ばした。それは空中で矢尻のような形になり、驚愕《きょうがく》に目を見開いた二人の胸にドスッと突き刺さる。

「——終わった」

無情な声と共に、ガラン、と音がした。

それは南天と檜扇が崩れ落ちた音。硬い人形が立てる音だった。

「南天！　檜扇！」

二人の名前を呼んでも、返事はない。

南天の赤い髪、檜扇の黒い髪、キラキラと光を反射する瞳は人形のもの。あんなに生き生きとしていた手足は、もう動かない。瞼《まぶた》は閉じることはなく、大きく開けて笑っていた口も動かない。温かかった手のひら、滑《なめ》らかに動く腕や膝も人形の球状の関節に戻り、床に転がったままピクリとも動かなくなってしまった。

「い……いやあああっ！　南天！　檜扇！　返事をして！」

どっと涙が溢れる。どんなに呼びかけても、南天も檜扇も返事をしなかった。

「無駄だ。その人形の妖《あやかし》は退治した。次はそこの狐の娘の番だ」

仁公の落ち窪《くぼ》んだ目が牡丹を見据えた。

「ひっ……」

牡丹は怯《おび》えた声を出した。

そうだ、この子だけでも逃さなければ。

「牡丹、逃げて。貴方だけでも！」

「で、でも、小春を置いては……」

「いいから！」

仁公は左足を引きずり、おろおろと立ちすくむ牡丹のすぐ側まで迫っていた。私は無駄な抵抗と分かっていても、両手を広げて牡丹を庇《かば》う。

「や、やめてくださいっ！」

「狐の娘はさっきの二匹の妖《あやかし》に比べれば随分弱いな。すぐに済む」

そう言いながら、仁公はさっきも使った札を取り出した。そして牡丹に向かい、腕を振り上げる。

牡丹は私の腕に縋《すが》り、怯《おび》え切った顔で仁公を見上げた。

すると仁公は眉を寄せて、牡丹を見下ろしたまま何か呟く。

なんと言ったのかまでは聞こえなかったが、一瞬隙が出来た。

「牡丹、逃げてっ！」

私は仁公に掴みかかり、札を持つ手を押さえる。牡丹は私の声に我に返ったのか、弾かれたように窓から飛び出した。

「離しなさい」

「嫌です！」

せめて牡丹が逃げるまではと、仁公の着物を掴み、体重をかける。仁公は歩く際に左足を引きずっていた。もしかすると怪我をしているのかもしれない。それなら、ここで少しでも足止め出来れば、牡丹が逃げるだけの時間くらいは稼げるはずだ。

牡丹の小さな姿は鬱蒼《うっそう》とした松林に遮《さえぎ》られ、すぐに見えなくなる。このまま無事に逃げられるよう、私は仁公の着物を掴む手を離さなかった。

不思議と、仁公は私を力尽くで振り払うことはしなかった。大の男なのだから、私なんて簡単に突き飛ばせるだろうに。

「もう気が済んだだろう。離しなさい」

しばらくして、そっと私の肩を押《お》さえ、手を離させる。その物言いも教師か何かのようで、争う気持ちが削《そ》がれてしまった。

「幼い……いや、弱い妖《あやかし》のようだし、向かってくるならまだしも、逃げるのであれば追うつもりはない。しかし、そんなにも妖《あやかし》が大事なのか。よほど深く取り憑《つ》かれているようだな」

「だから、私は取り憑《つ》かれてなんていません！」

「そう言うのであれば、憑《つ》き物落としの術をかけさせなさい。取り憑《つ》いていない人間には何も起きず、危険もない術だ」

私は顔を上げ、仁公を睨《にら》んだ。

「それをして何も起きなければ、この家から出ていってくれますか？」

人形として倒れてしまった南天たち。彼らを助けるためにも、仁公に一刻も早くここから出ていってほしかった。二人は以前も一度人形に戻ってしまったことがあったが、玄湖の手で再び動き出したのを思い出す。きっとまだ間に合うはずだ。

「ああ、約束しよう。某《それがし》は人間の味方だ」

「分かりました。さあ、憑《つ》き物落としでもなんでもやってください！」

仁公はさっき投げた錫杖《しゃくじょう》を拾い上げ、床をドンと突く。ジャラランと金属が擦れ合う音がした。そして、静かに真言《しんごん》を唱える。さっきとは若干違う気がした。

しばらくして、仁公は真言《しんごん》を唱えるのをやめた。

「……終わりだ。気分はどうだ？」

もちろん、何も起こるはずはない。

「私はなんともありません。妖《あやかし》に取り憑《つ》かれてなんていませんから！」

「そのようだ。では、用は済んだ。約束通り某《それがし》は出ていく」

仁公は、もう私には用がないといった様子で玄関の引き戸に向かった。次はどんな難癖をつけてくるかと身構えていた私は、約束を守って出て行く仁公に拍子抜けしてしまう。

「ちょ、ちょっと、仁公殿、話が違うじゃないですか！」

叔父が戸口のところでそう叫ぶ。しかし仁公は視線すら向けない。

「憑《つ》き物落としの術は行った。そなたらは姪《めい》っ子が狐に憑《つ》かれておかしな行動を取っていると言っていたが、何も起きなかった。つまり、憑《つ》かれていないということだ。であれば、もう某《それがし》に出来ることはない」

叔母夫婦は仁公に、私が狐に取り憑《つ》かれていると嘘を吹き込んだようだ。

「その人たちから何を聞いたのか知りませんけど、この家は亡き両親が残してくれた私の家です。その人たちはこの家の相続には関係ありません。むしろ、偽物の借用書で私のことを売り払おうとした、悪人です！」

「……そうなのか」

「疑うなら松林から出た集落の人に聞いてみたらいいわ。その人たちは私の父の葬式にも顔を出さす、女学生だった私から香典やこの家、財産の全てを奪おうとしたんですから！」

「な、なんだい。この家はアタシの姉の家でもあったんだ！　アタシにも相続する権利があったっておかしくないだろう！」

叔母がキイキイと甲高い声で言い返した。もちろんそんなわけはない。

仁公もそう思ったのか、眉を寄せ、叔母夫婦に冷たい視線を送る。

「……某《それがし》は嘘が嫌いだ。妖《あやかし》と嘘は同じくらい許せぬ。それもこんなに若い娘を騙《だま》して全てを奪おうとするとはな。もう、そなたらからの依頼は受けない。二度と某《それがし》の前に顔を見せるな」

淡々と話し、怒気を露《あら》わにしているわけではないが、仁公には妙な迫力があった。

視線を向けられた叔母夫婦はヒッと息を呑んだ。

仁公は左足を引きずりながら家から出ていく。彼が歩くたびに、ジャラジャラと音がする。仁公は、首や両手首だけでなく、足首にも数珠《じゅず》やお守りのようなものを巻いていた。しかし何故か、引きずっている左足にだけは何も巻いていない。

「ったく、何さ偉そうに！」

叔母はチッと舌打ちをしたが、すぐに気を取り直したようにニタッと笑う。

「まあ、いいさ。あの男に頼むことなんてもう二度とないだろうしね。家にさえ入れたらこっちのものだ。さっさとあれを探しちまおう」

「そうだな」

叔母夫婦はズカズカと家に上がり込んでくる。

「入ってこないでください！」

「ふん、この気味の悪い人形はもう動かないんだろ？　アンタが喚《わめ》いたところで怖くもなんともないんだよ！」

叔母は制止しようとした私の肩をドンッと押す。

「いたっ！」

「これくらいでギャアギャアうるさい小娘だね。アンタ、この子を捕まえといておくれ。その間にアタシが刀を探すからさ」

「おう、頼んだぞ」

叔父は私の腕を掴み、羽交い締めにした。

「離してっ！」

「大人しくしてろや」

どんなに暴れても、ずっしりと肥え太った叔父の手からは逃げられない。

叔母はその隙に、あちこちの引き出しを開け始めた。

「この家には金目のものなんてないわ！」

しかし叔母は私の言葉を鼻で笑った。

「それがあるんだよ。姉さんが嫁入りの時に持ってきた道具に懐刀《ふところがたな》があったはずだ。あれ、有名な刀工《とうこう》のやつなんだよ」

「もし本物なら相当の値が付くぞぉ。刀の蒐集家《しゅうしゅうか》がおってな、偽物でも出来がよけりゃ、いい値で買ってくれるって言うんだ。これで借金が返せる！」

叔父はヒヒッと笑った。

私は眉を寄せる。

「そんなもの見た覚えはありません！　この家にはないです！」

母が亡き後は、ずっと私が掃除をしてきたのだ。父が亡くなってから遺品の整理もした。この家に私が知らない場所などない。叔母の言う刀にも覚えがなかった。

「うるさいね、声を出すなら、どこにあったか思い出した時だけにしなよ！」

叔母は引き出しに碌《ろく》なものが入っていなかったからか、鼻をフンと鳴らした。

しかし本当にそんな刀はこの家にはないのだ。叔母の記憶違いか、さもなければとっくに手放したのだろう。どこを探しても出てくるはずない。

「ったく、仁公のやつ！　気味の悪い人形をこのままにされたら邪魔なんだよっ！」

　叔母は八つ当たりのように、南天と檜扇の体を足蹴にした。ガシャ、と硬い音がして、また涙が浮かぶ。

「やめて！　その子たちに、ひどいことをしないで！」

「また蹴られたくなきゃ、アンタの親が隠してそうな場所でも考えな！」

「──小春さんっ！」

　その時、表から聞こえた声に、私はハッと顔を上げた。

「く、玄湖、さん……！」

　息を切らせて駆け込んできた玄湖は、叔父に羽交い締めにされている私を見て、目を大きく開いた。そして肩を怒らせて叔母夫婦を睨《にら》みつける。ゆらり、と陽炎《かげろう》のようなものが立ち上ったように見えた。玄湖の怒気が目に見えたのかもしれない。

「な、南天と……檜扇が……」

　堰《せき》を切ったように涙がボロボロと溢れ、それ以上言葉にならない。

「ああ……牡丹から事情は聞いた」

　玄湖はいつになく低い声でそう言った。眉を吊り上げ、普段の飄々《ひょうひょう》とした玄湖とは別人のような迫力だった。

　叔母は引き出しを漁ろうとした中腰の姿勢のまま固まっている。叔父もジリッと一歩下がった。私を掴む腕がブルッと震えたのが伝わってくる。

「……小春さんを離せ」

「ち、近付くんじゃねえ。小春がどうなっても――」

「離せと言ったんだ。これが最後の忠告だったのに」

玄湖の金色の目がギラッと光った。

その途端、叔母が体を仰《の》け反《ぞ》らせ、その場にバッタリ倒れ込んだ。叔父も硬直しているのか、私を掴む手から力が抜けている。えいい、と引っ張るとなんの抵抗もなく手が抜けた。

「小春さん」

玄湖は私の側に駆け寄り、硬直した叔父の体を押して叔母と同じようにその場に倒した。その状態でも意識はあるのか、叔父の瞼《まぶた》は開いたまま、瞳だけがキョロッと動いた。

「く、玄湖さん……！」

私は玄湖に飛び付いた。私を受け止めた玄湖は、ぎゅっと抱きしめて背中を優しく撫でてくれる。

「妖《あやかし》の天敵が、まさかこんなところに来るなんて……小春さんに怪我は？」

「私はなんともないです。でも、南天と檜扇が……人形に戻ってしまって……」

そう話すだけで涙が込み上げてきて、声が震えてしまう。

「うん、大丈夫。少し待っていておくれ」

玄湖は私を抱きしめていた腕を解き、軽く肩を叩いた。

そのまま崩れ落ちた南天と檜扇のもとへ行き、人形に戻った彼らを畳の上にそっと横たえた。

「破損はないね。この胸に刺さった札が原因か。これさえ抜いてしまえば……」

玄湖は左手で、南天の胸に突き刺さった札を引き抜いた。ジュッと熱いものに触れたような音がして、玄湖の指が真っ赤になる。抜いた札は一瞬で墨色に染まっていた。

「玄湖さん！　手が……！」

「大丈夫。ちょっと熱いだけさ。これくらい、明日には治ってるよ」

焼け爛《ただ》れた手が痛くないわけはない。しかし玄湖は私を安心させるように優しく笑いかけてきた。

「南天たちも大丈夫。妖力が抜けただけだから、こうして——」

玄湖は右手を南天の胸に当て、ふうっと息を吐きかける。ふわっと温かい光が南天の胸の中に流れ込んでいくのが見えた。同じように檜扇の胸の札も引き抜き、妖力を注ぎ込んだ。

途端に南天たちの頬に赤みが差し、人形にしか見えなかった手足が、見慣れた柔らかいものに変わっていく。硝子玉《がらす》の瞳が、ぱちぱちと瞬《まばた》きをした。

「お前たち、手足はちゃんと動くかい？　立ってごらん」

南天と檜扇は手をグーパーさせてから、ゆっくり立ち上がった。

「うん、大丈夫そうだね」

優しい声で玄湖はそう言った。

「よかった……！」

私は二人に駆け寄って、ぎゅうっと抱きしめた。いつも通りの感触だ。今度は嬉し涙が込み上げてくる。

「どこも痛いところはない？　怖かったでしょう」

「小春、ごめんなさい！」

ギュッと抱き返してきたのは檜扇だ。

「うん。心臓が止まるかと思った。檜扇が無事でよかった。南天も大丈夫？」

「う、うん……」

南天は頷いたが、今にも泣いてしまいそうな声だ。きっと怖かったのだろうと、よしよしと頭を撫でた。南天は黙って肩口にぐりぐりと頭を押し付けてくる。健気《けなげ》な可愛らしさに、胸が切なくなった。

二人が無事で本当によかった。

「さてと、お次はそいつらをどうするか、か……」

玄湖は冷たい目で床に転がる叔母夫婦を見下ろした。叔母夫婦は目だけがきょときょとと動いている。固まっているけれど意識はあるようだ。

「あ、あの……悪い人たちですけど、一応は私の親戚なんです。こ、殺すことだけは……」

本心では、こんな人たちなど庇《かば》いたくもないが、それでも一応親戚だ。

「さすがに殺したりはしないさ。でも、二度と私の家族に手を出せないようにしてやらないとね」

玄湖はいつも飄々《ひょうひょう》としていて、あまりカッとならない人だが、それでも今回はかなり怒っている様子だった。

玄湖は叔母夫婦の首根っこを掴み、ズルズル引きずって玄関の引き戸から外に出た。私も南天と檜扇の手を握ってその後を追う。

「小春さんたちは少し離れていておくれ」

玄湖の背中に、大きな烏《からす》のような羽が生えた。バサッと音を立てて羽ばたくと、頬に風が触れる。

玄湖は叔母夫婦の首根っこを掴んだまま、その場でふわっと舞い上がった。

叔母夫婦が声も出せずに目だけを白黒させているうちに、みるみる上空に飛んでいき、すぐに見えなくなった。

「だ、大丈夫かしら……」

玄湖は約束を違えないとは思うが、それでも少し心配になる。何より、玄湖に人を傷付けてほしくない。南天たちにも同じことを思ったが、誰かを傷付ければ、いずれそれは自分に帰ってくる。

いいことをすればいいことが、悪いことをすれば悪いことが返ってくるのだと、亡き父が教えてくれた。

(あの人——仁公さんも……)

彼は妖《あやかし》に家族を殺されたと言っていた。

仁公に何があったのかは想像でしかないが、その復讐として妖《あやかし》を退治する側に回ったのではないだろうか。しかしなんの罪もない妖《あやかし》を傷付けるのはやり過ぎだと思う。

共に暮らしているからこそ、私は妖《あやかし》が悪い存在ではないと知っている。

私は人間と妖《あやかし》のどちらにも傷付いてほしくない。でも、どうすれば仁公を止めることが出来るのかは、分からないままだった。

そんなことを考えながら上空を見上げていると、青い空の雲間にポツンと黒いものが見えた。その黒いものはこちらに向かって飛んでくる玄湖だった。

「おーい、着地するから、どいておくれ！」

私たちはそれを聞いてサッと家の中に避難する。

それからすぐ、ドドッと大きな音を立て、玄湖が地面を転がりながら着地した。

「おっとっと。やっぱり着地が一番難しい」

そう言って立ち上がった玄湖は、ボサボサになった髪を手櫛《てぐし》で直した。そして、土《つち》埃《ぼこり》のついた五本の尻尾《しっぽ》を、ブルルンと振り払っている。

「玄湖さん、叔母たちは……」

「ああ、大丈夫。怪我はさせてないよ。ただ、まずは空の高ーいところに連れてって、私の家族に手を出したら、次はここから地面に落としてやる、って散々脅《おど》したのさ。その後、警察署の屋根の上に置いてきた」

「警察署の屋根の上に……ですか？」

目をぱちくりさせる私に、玄湖が自慢げに言った。

「そう。やけに目立つ大きな建物があると思ったら、警察署だったんだ。いやあ、いい眺めだったよ。まあ、あと小一時間もすれば彼らの硬直も取れるし、そうしたら助けくらい自力で呼べるだろうさ。その結果、お縄になってしまうかもしれないけど、まあ、ちょうどいいだろう？　妖《あやかし》がどうのと説明したところで、警察は信じないだろうからね」

「まあ……」

「それからね、今後は悪いことをしないように術をかけておいた。悪いことをしようとしたら『見ぃたぁぞぉ……』って耳元で怖ぁい声が聞こえてくる術なんだ。これできっともう悪いことは出来ないよ」

「そうだといいですね」

「ちなみに、本気で怒った時の篠崎さんの声を模しておいた。篠崎さん、怒ると本当に怖いんだよぉ……」

尻尾《しっぽ》の毛を逆立てながら玄湖が本気で怖がっている声に、私はクスッと笑った。

「松林の結界も張り直しておかないとね。とはいえ、仁公という人には、松林の結界を解いてしまえるだけの力があるみたいだ。もう来ないといいんだけど……」

「それなんですが……」

私は玄湖に仁公との細かいやり取りについて話した。

「あの人、妖《あやかし》を憎んでいるようでした。家族を妖《あやかし》に殺されたらしくて……」

「そうか、なるほどね。いい妖《あやかし》でも問答無用ってことか。これ以上の被害を出すわけにもいかないし、篠崎さんに相談して対策を練るよ。それじゃあ今日のところは一旦帰ろうか。牡丹が心配しているだろうからね」

「そうですね」

そういえば、いつも元気な南天と檜扇だが、さっきから俯《うつむ》いて黙ったままだ。心配になり、目線を合わせる。

「南天、檜扇、大丈夫？　どこか具合が悪いの？」

そう尋ねても、二人はふるふると首を横に振るだけだった。

「……人間に負けちゃった」

「……襖《ふすま》も壊しちゃった」

それで元気がなかったようだ。

「いいのよ。私は貴方たちが無事で、人を傷付けなかったことにホッとしているの。襖《ふすま》は修理すればいいんだから」

「襖《ふすま》の修理は篠崎さんに頼んでおこう。篠崎さんの小狐ならすぐに直してくれるよ。

ただ南天たちには、戦うよりも、小春さんや牡丹を守って逃げることを選んでほしかったな」

玄湖の言葉に、南天と檜扇は更に深く項垂《うなだ》れる。

「いや、今そんなことを言わなくても……」

「玄湖さん、今だからこそさ。南天、檜扇、耳が痛いだろう? 自分の力を示すよりも大事なことがある。その順番を忘れてはいけないよ」

南天たちは、赤と黒の頭を小さく上下に動かした。こんなにも元気がない二人を見ていると、胸が張り裂けそうな気持ちになる。

「ほらほら、元気だして。そうだ、今日のお夕飯はオムライスにしましょう。南天と檜扇も好きでしょう。美味《おい》しいものを食べたらすぐに元気になるわ」

二人はオムライスという言葉にピクッと肩を震わせたが、いつものように飛び跳ねて喜ぶことはない。もじもじして目を見交わしている。

そこに玄湖が殊更大きな声を出した。

「わあい、楽しみだ！ 南天と檜扇が食べないなら、私が二人の分も食べちゃおうっと！」

「玄湖、ズルい！ 食べるもん！」

しょぼくれていた南天と檜扇は、頬を膨らませて玄湖に掴みかかり、ポカポカとその体を叩く。

私はその様子を見てクスクスと笑った。

よかった。二人とも元気を取り戻したみたい。

きっと仁公はこれからも妖《あやかし》退治を続けるのだろうが、とりあえず今は大切な家族が無事であることに、安堵した。

「それじゃあ、帰りましょう」

しっかり戸締りをして、由良の家から出た。

南天と檜扇は珍しく私に甘えるようにくっついている。それだけショックだったのだろう。南天と檜扇に挟まれて手を繋いだ。

松林を少し歩き、尾崎家の二つ門が見えてきた。

「……あら？」

ふと、門の前に何かが置いてあるのが見えた。玄湖が貰ってきた西瓜《すいか》よりも小さいくらいの塊《かたまり》だ。

「あれ、何かしら？」

近寄ると緑色の葉っぱに何かが包まれている。丸ではなく楕円形で、ちょうどおくるみを着た赤ちゃんくらいの大きさだ。

と、そこまで見て、私はハッとした。南天たちの手を離して駆け出す。

赤ちゃんのような、ではない。あれは本物の赤ちゃんだ。

「小春さん、どうしたんだい？」

「玄湖さんっ、赤ちゃんが！」

「ええっ⁉」

赤ちゃんは大きくて柔らかい蓮《はす》の葉で包まれていた。おくるみの代わりなのかもしれない。雨が降っても濡れないように、大きな蓮の葉が傘のように差し掛けてあった。

抱き上げると、ちゃんと温かい。腕の中でモソモソと動く赤ちゃんに、安堵感が胸を占める。

「どうしてこんなところに……」

慌ててキョロキョロ門の周囲を見渡したが、母親らしい人影は見当たらない。

「小春さん、本物の赤ちゃんかい？　まさかこんなところに……捨て子かなぁ」

玄湖が赤ちゃんを覗き込もうとした時、蓮の葉のおくるみからハラッと何かが落ちる。それは、手のひらくらいの分厚く硬い葉っぱだった。

「葉っぱに字が書いてあるよ。読んであげる！」

南天がサッと拾い上げて言った。

「ええとぉ——このこ、は、おざきけの……んー？　ねえ、檜扇、これなんて読むか分かる？」

「分かるよ！　とうしゅ、って書いてあるんだよ！　とうしゅって、玄湖？」

「そうだよ！　えっと、『このこは、おざきけの、とうしゅのこ』だって！」

「とうしゅのこ！」

南天と檜扇は二人がかりで得意げにそう読み上げた。

「え……？」

私はそれを聞いて慌てて南天の持つ葉っぱを覗き込む。

『この子は尾崎家の当主の子です』

そこには引っ掻いたような文字で、そう刻まれていたのだった。

三章

「ど、どういうこと……？」

尾崎家の門の前に、赤ちゃんが置き去りにされていた。しかも『尾崎家の当主の子です』という置き手紙と共に。

尾崎家の当主は玄湖だけだ。その子供ということは……

私の頭はカーッと熱くなり、しかし心臓のあたりは相反するように冷たくなった。その落差にクラクラする。しかし赤ちゃんを落とすわけにはいかない。私は赤ちゃんを抱く腕と両足にぐっと力を入れて、その場に立っていた。

「小春さん、このあたりに人や妖《あやかし》の気配はなかったよ」

まだ母親がいるかもしれないと周辺を見てきてくれた玄湖が、困ったように眉を下げる。

「ど、どうしようか……」

「……と、とにかくこの場に置いておくわけにはいきませんから」

赤ちゃんを抱いて尾崎家に戻ったが——そこから先は、てんやわんやの大騒ぎだった。

「旦那様、これはどういうことだい⁉」

「ええ、ええ……まったく、一体どこの馬の骨と……！」

赤ちゃんと葉っぱの置き手紙を見て、激昂《げっこう》したのはお重とお楽であった。

正座をさせられた玄湖は、二人から代わる代わる責め立てられている。

玄湖はお重とお楽の剣幕に、冷や汗を流しながら困り果てた顔をしていた。

「お重、お楽……主人様《あるじ》をあまり責めないでくださいまし」

牡丹が泣きそうな顔で玄湖を庇《かば》っている。

「えっとえっと……」

「どうしよ……」

南天と檜扇は自分たちが葉っぱの文字を読んだせいで玄湖が怒られていると思ったのか、気まずそうに首をすくめ、視線を彷徨《さまよ》わせていた。

麦はつぶらな目をぱちぱちしながら、私の抱く赤ちゃんの匂いをくんくんと嗅いでは、不思議そうに首を捻《ひね》っている。

問題となっている赤ちゃんはといえば、私の腕の中ですやすや眠っていた。

この子をどうしたらいいのだろう。

「小春奥様からも、なんとか言ってやってくださいよ！」

「そうです……！　小春奥様というものがありながら！」

二人が私のために怒っているのは分かっている。しかし赤ちゃんに罪はない。

というか、お重とお楽のあまりの剣幕に、私が言おうと思っていたこと全てが吹き飛んでしまったのだ。

お重とお楽がこれほど怒った姿を見たのは初めてだった。

二人とも長いこと玄湖に仕えていて、普段から家の主人《あるじ》相手に言いたいことを言っているように感じていたが、今は更に当たりがキツい。どうやら私の予想以上に二人は怒っているようだ。

私の方も目の前で怒り狂っている二人を見て、一周回って冷静になったのかもしれない。

「え、ええと……お重、お楽、落ち着いて。まだ玄湖さんの子と決まったわけではないし……」

玄湖を擁護するわけではないが、私の口からはそんな言葉が出た。

ひとまず怒っている二人を落ち着かせようと思ったが、二人は首を横に振った。

「いいえ、旦那様の子ですよ。同じような匂いがしますからね」

「ええ、これは狐の匂いです……。それにこの赤子には尻尾《しっぽ》がございます。狐の尻尾《しっぽ》に間違いありません」

葉っぱではなんなので、とお楽に清潔なさらしの布を用意してもらい、おむつを当てて布でくるみ直したが、その際に男の子であることと、玄湖と同じ色の小さな狐の尻尾《しっぽ》が生えているのが発覚したのだ。尻尾《しっぽ》とちょびちょびと生えた頭髪も、玄湖と同じ赤茶色である。

　更に匂いまで狐だと言われてしまうと、私にはそれ以上否定のしようがない。私は玄湖の花嫁ではあるが、まだ出会って一年も経っていないのだ。

　この赤ちゃんは丸々としており、おそらく三ヶ月程度といったところだろう。つまり、玄湖が赤ちゃんの父親だったとしたら、この子の母親は確実に私より前に玄湖に会っていることになる。複雑な気持ちはあるけれど、さすがにそれを浮気とは言えない。玄湖を責めるのは少々酷《こく》ではないだろうか。

「ええと……」

　私は視線をしょんぼりと項垂《うなだ》れている玄湖に向け、そっと尋ねた。

「あの、玄湖さんには……心当たりがあるんですか？」

ないと言ってほしい。もしくは、親族の狐の子供だとか、そういう方面の心当たりであってくれれば。しかし、私のそんな願いは玄湖によって否定された。

「心当たり……とは違うけれど、この子が私の子である可能性はあるかもしれない。色々な可能性があるけれど、少なくとも私の子ではないという否定は――今は出来ない」

少し曖昧《あいまい》な言い方ではあるが、自分の子供である可能性があると、玄湖自身が認めたことになる。その言葉に、すうっと心に冷たい風が吹きつけた気がした。

「……不潔です」

口元を袖《そで》で押さえ、ボソッとお楽が呟く。お重もむっつりと眉を寄せた。

「そうさ、もしかしたらあの性悪のお燦狐《さんぎつね》との子供かもしれないじゃないか！　もしくは、嫁取りをしようと探していた時に……」

「ま、待って！」

私は大きな声でお重の言葉を遮《さえぎ》った。そんな話を南天たちには聞かせたくないし、私だって聞きたくなかった。

「う……んぎゃあああん！」

私が大きな声を出したせいだろうか、スヤスヤと眠っていた赤ちゃんが、突然、火がついたように泣き出した。

「あっ、ごめんね……」

ゆらゆらと揺らしてあげると赤ちゃんは泣きやんだ。

お重もばつが悪そうな顔をして口を噤《つぐ》む。

「……あのね、今はこの子がどこの子か、誰の子かより、大切なことがあるでしょう。だってこんなに小さな赤ちゃんなんだもの。このままにしておくわけにはいかないわ」

この子は玄湖がかつて愛した女性との間の子供かもしれない。そう考えると胸の痛みはチクリどころではなくなる。しかし、今はそれを気にするよりも、赤ちゃんにお乳をあげるにはどうするべきなのか、そっちを優先すべきだ。赤ちゃんのお世話について考えることが多過ぎる。

「それにね、この子のお母さんもすぐに戻ってくるかもしれないわ。どういうつもりで置いていったのかは書いてないんだもの。もしかしたら、ちょっと預かってもらうだけのつもりかもしれないじゃない。だから、それまでの間は、この子のお世話をしてあげようと思うの」

本当は、あんな風に書置きを残して赤ちゃんを置いていった母親の覚悟を感じなくもないが、今はそう言うしかない。

「……あたしもお楽も、子がいないから赤ん坊の世話なんて出来ませんからね！」

お重はプイッと顔を背《そむ》けてそう言った。お楽もうんうんと頷き、口元を袖《そで》で押さえている。

この二人に赤ちゃんの世話を手伝ってもらうのは無理そうだ。

「ぼ、牡丹も……屋敷神《やしきがみ》ゆえ、赤子のことはよく分からぬ……」

牡丹はオロオロしながら言う。

南天や檜扇も同様だろう。

私は腕の中の赤ちゃんを見下ろし、心を決めた。

「……分かりました。とりあえず私が面倒を見ます」

「も、もちろん私は手伝うよ」

おっかなびっくりそう言った玄湖に、お重とお楽が途端にギッと目を吊り上げた。

「旦那様の子かもしれないなら『手伝う』じゃないでしょうが！」

「そうです……！　旦那様が主に面倒を見るべきです……！」

「わあっ、分かったよ！　その……ごめんよ、小春さん」

シュンとした玄湖の五本の尻尾《しっぽ》がヘロッと萎《しお》れる。

私は玄湖に抱いていた赤ちゃんを差し出した。

「じゃあ抱っこしてあげてください。まだ首が座っていないんで、首とお尻を支えて、頭をしっかり固定して抱いてくださいね」

「こ、こうかな」

おそるおそる玄湖が赤ちゃんを抱きかかえる。おっかなびっくりの手付きだ。

「わあ、赤ちゃんって、思ったより重いんだねえ」

赤ちゃんを覗き込む玄湖の金色の目は優しい。

そうっと赤ちゃんの頬を撫で、玄湖は微笑んだ。

——この赤ちゃんが、玄湖と私の子だったらよかったのに。

ついそんなことを考えてしまい、心の中で頭を振った。

今は余計なことを考えている場合ではない。目の前のこの子の世話をすると、自分で決めたのだから。少なくともこの子の前では、暗い顔をしないようにしなければ。

「とりあえずお世話をするにしても、色々用意しないといけないわよね。妖《あやかし》の赤ちゃんって、何を用意すればいいのかしら」

赤ちゃんのいる知り合いといえばお静さんや、尾崎家の奉公人で産休中の箒木《ははきぎ》である。しかしお静さんは人間だし、箒木はお重やお楽と仲がいいので、今回は頼りにくい。

「そうだわ、紫《ゆかり》さんに聞いてみようかしら。ねえ、玄湖さん。ちょっと銀座に行ってこようと思うの」

紫の写真館は銀座だから、鳥居の近道を通ればすぐだ。

「ああ、私も行くよ」

「でも、それなら赤ちゃんはどうしましょう」

「連れていけばいいよ。必要なものを買う時に、この子もいた方が悩まないだろう」

「それもそうですね」

私は頷いた。

赤ちゃんは玄湖の腕の中で大人しくしている。

「うー」

目を開くと、赤ちゃんは玄湖と同じ、透き通った金色の瞳をしていた。

あむあむと指を口に入れていたが、不意にふにゃりと微笑んだ。

「わぁ、可愛い……」

こんなに可愛い子なのだ。母親もすぐに迎えに来るかもしれない。

「とりあえず、呼び名はあった方がよさそうね。うーん……」

包まれていた蓮の葉と、置き手紙の硬い葉っぱ以外、特に身元や名前の分かるものはなかった。そう考えて、脳裏に蓮の葉が過《よぎ》る。

「そうだわ、蓮《れん》というのはどうかしら。蓮の葉で包まれていたからなんだけど、この子のお母さんは、きっとこの子が濡れないように、寒い思いをしないようにって、蓮の葉で包んであげたんだと思うから……」

私はあの蓮の葉に母親からの愛情を感じたのだ。

「うん、いいんじゃないかな。素敵な名前だと思うよ」

玄湖は優しい顔で頷いてくれた。

「みんな、この子の名前は蓮だよ」

玄湖がそう言うと、お重たちも不承不承ながらも頷いた。

「蓮、それじゃお出かけしましょうね」

私がそう声をかけると、蓮はあきゃーと甲高い声を上げ、小さな手をぶんぶんと振り回した。

「んまあ……かわ……こほん、なんでもありません」

その仕草に可愛いと言いかけたお楽は慌てて口を閉じ、全然違う方向を向いた。

「楽はなんにも言っておりません……」

世話をしないと言った手前、可愛いと言えない様子である。お重も顔をくしゃくしゃにして、まるで酸っぱい梅干しを食べたような顔だ。

二人とも、赤ちゃんは可愛いと思ったようだが、さっき怒り狂った手前、素直にそう言えないのだろう。

蓮を憎く思っているわけではないと分かっただけで、今は十分だった。

蓮は私が抱っこし、玄湖は私の腰に手を回して、足場の悪い松林を歩きやすいように誘導してくれた。ぽっかり開けた場所にある赤い鳥居をくぐると、もうそこは銀座である。

人が多いからだろうか、蓮は泣きこそしないが不思議そうに口を開いている。はっきり見えているかは分からないが、これまでと違う環境にいることは察しているようだ。

「よしよし、もうすぐ着くからね」

私は蓮を落ち着かせようと、トントンと軽く背中を叩いた。

「小春さんって、赤ちゃんの抱き方も、あやすのも上手だね」

「子供の頃に、お静さんの上の子の子守りをしていたんです。そのせいかしら」

そんな話をして、すぐに紫の写真館に到着した。濃い色をした木造の建物で、白木の窓枠が洒落ている。一階は写真館、二階が自宅になっているようだ。

店頭の硝子《がらす》張りの陳列窓には幾つもの写真が飾られており、その中に着飾って澄まし顔の皐月姫の写真もあった。赤ん坊を抱く家族の姿もある。きっと、赤ん坊が生まれた記念に写真を撮ったのだろう。幸せそうな家族写真に、つい余計なことを考えそうになり、急いで写真館の扉を開けた。

「紫さん、こんにちは」

扉の内側に吊るされていた鈴がチリリンと澄んだ音を立てた。以前、皐月姫が帯留めに付けていた鈴と同じもののようだ。

ふと建物の木の匂いの中に、写真館特有の酸っぱい匂いをわずかに感じる。現像液の匂いだ。蓮もそう思ったのか、口をひん曲げて顔を顰《ひそ》めているのが可愛らしい。初めて嗅いだ匂いなのだろう。

「あら、小春ちゃんじゃない」

店内でカメラをいじっていた紫がこちらを向いた。今日もモダンな洋服をパリッと着こなしていた。濃い青色のワンピースが涼しげだ。

「って、何その子――まさか小春ちゃんが産んだのっ⁉　やだ、いつの間に⁉」

紫の大きな声に、思わず仰《の》け反《ぞ》った。

「ち、違いますよっ！」

私はブンブンと首を横に振った。

紫の声に驚いたらしい蓮がふえ、と泣きそうな声を出した。

「あらあら、ごめんなさいねぇ」

紫は口元を押さえて声の音量を小さくし、照れ笑いをしている。

「ちょっと待ってて、閉店の札を出してくるから」

「いきなり来たのにすみません……」

「いいのよ。今日は予約もないし、そろそろ閉めようと思ってたからさ」

紫は閉店の札を扉に引っ掛け、すぐに戻ってきた。来客用のソファを示されたので、私と玄湖はそこに腰を下ろす。

「それで、その子は？　なーんか嫌な予感がするんだけどなぁ」

紫の視線がジロッと玄湖に向かう。玄湖は身を縮こませた。

私は蓮を連れてきた経緯を紫に話した。

「──というわけなんです」

「なーるほど。玄湖さんの隠し子ねえ」

「ま、まだその可能性があるというだけで……」

「分かってるって。それに、無関係の狐が尾崎家の子として育ててもらいたくて、子供を置いていった可能性もあるじゃない。尾崎の家は立派なお屋敷だし、狐の中でも名家でしょ。その葉っぱの置き手紙も『尾崎家の当主の子』としか書いてないんだもの。子供が出来るような仲なら名前を知らないはずはないんだし、その書き方は不自然じゃないかしら」

「あ……確かにそうですよね」

　自分では冷静になったつもりでいたが、そんなことにも気付かないくらい混乱していたらしい。

「それでも小春ちゃんは赤ちゃんの面倒見てあげなきゃって思ったんでしょう。本当にあたしの後輩は健気《けなげ》ないい子だわ。玄湖さん、あんまり小春ちゃんを泣かせるようなことはしないでくださいねっ！」

　紫は目を吊り上げて玄湖をジロッと睨《にら》んだ。玄湖はますます縮こまる。

「め、面目《めんぼく》ない」

「不思議なのは葉っぱで包まれていたってことよね。どうして布じゃないのかしら？　手持ちの布だと、身元がバレてしまうからとか？」

　紫の言葉に私は目を瞬《またた》かせた。

「そ、そういう考えもありましたか」

「ただの思い付きよ。鬼の里でも鬼が好む柄ってあるから。でもそれなら適当な布を用意すればいいだけよね」

　確かにそれも一理あるし、どんな些細《ささい》なことでも、この子の母親を見つける手がかりになるかもしれない。思わぬ視点からの話が聞けたのはよかった。

「と、まあ推理はそれくらいにしておいて。ちょっと抱かせてくれる？　大きさからすると三ヶ月くらいかしら。ムチムチして可愛いわね」

「はい、どうぞ。まだ首が座ってなくて」

紫に蓮を渡す。さすがに紫は赤ちゃんを抱くのも手慣れた様子だ。しかし、ふと首を傾げた。

「あら？　首は座ってるわよ」

「え？　さっきまでは……」

「妖《あやかし》の子だから、人間とは成長の速度が違うのかもしれないわね。皐月も喋《しゃべ》り出すのがうんと早かったのよ。今だって三歳とは思えないほど達者に喋《しゃべ》るでしょう」

「確かにそうですね」

妖《あやかし》だし、そういうこともあるのかもしれない。

「あら、そういえば皐月姫は？　今日は瑰《かい》さんのご実家の方ですか？」

いつも私が遊びに来るとすっ飛んでくるのだが、今日は姿を見せない。不在なのかと思ったが、紫は眉を顰《ひそ》めて首を横に振った。

「それが、ちょっと昨日くらいから咳が出てるのよ。まだ熱は出てないんだけど、風邪かもしれないから部屋で大人しくさせてるの。赤ちゃんがいるなら余計に会わせられないわ」

「まあ、そんな時にすみません……」

「気にしないで。子供はすぐ熱を出すものだから。そうそう、思い出した。あたし、皐月が赤ちゃんの時に風邪を引いちゃって、お乳をあげられなかった時期があったのよ。その時に哺乳瓶《ほにゅうびん》と粉ミルクを使ったの。哺乳瓶《ほにゅうびん》はまだあるはずよ。ちょっと待ってて」

紫は私に蓮を返して立ち上がった。写真館の奥のドアから二階に上がっていく音が聞こえる。それから少しして戻ってきた。

「お待たせ、哺乳瓶《ほにゅうびん》あったわよ。よければこれ使って」

紫は硝子《がらす》製の哺乳瓶《ほにゅうびん》をテーブルに置いた。

「ちょうど皐月が生まれる少し前くらいかしらね、国産の育児用粉ミルクが出たのよ。あたしたちの子供の頃なら、何かあればもらい乳させてくれる人を探さなきゃいけなかったけど、これなら玄湖さんでもミルクを飲ませてあげられるでしょ」

「今はそういうのがあるんだねぇ。へえ硝子《がらす》製品か、なるほど」

玄湖は哺乳瓶《ほにゅうびん》をしげしげと見つめた。

「それからね、赤ちゃんのお世話に必要そうなものを書き出しておいたわ」

紫はメモを差し出してくる。

紫らしい踊るような文字がメモにびっしりと書かれていた。

「紫さん、何から何まですみません」

紫はカラッとした笑みを浮かべた。

「いいのよ。むしろあたしの方こそ久しぶりに赤ちゃんを抱っこ出来て嬉しいわ。ただ皐月の時とは匂いが違う気がするのよねえ。赤ちゃんって、頭のあたりから甘い匂いがすると思うんだけど。男の子だと違うのかしら」

紫は首を捻《ひね》っている。

私も蓮の頭のあたりを嗅いでみたが、匂いはよく分からない。

「もしかして、ミルクを飲ませてないからかしら……」

置き去りにされていたこともあって、前回いつミルクを飲んだかも分からない。

「でも、お腹を空《す》かせているようには見えないし、手足もムチムチして健康そうだから大丈夫だと思うけど。とりあえず帰ったらミルクをあげてみて」

「小春さん、それじゃあ粉ミルクと必要なものを買いに行こうか」

「はい」

「本当ならもっと手伝ってあげたいんだけど、皐月が風邪かもしれないから、これ以上は難しいな。ごめんね」

「とんでもない。哺乳瓶《ほにゅうびん》もありがとうございます。助かりました」

「玄湖さん、小春ちゃんに頼ってばかりじゃなく、自分でもしっかり赤ちゃんのお世話をしてあげてくださいね」

「は、はあ……」

お重たちと同じことを言われ、玄湖は気まずそうに頭を掻いた。

「小春ちゃん、玄湖さんが嫌になったら、いつでもうちに逃げてきて構わないからね。皐月も小春ちゃんのことが大好きだし。小春ちゃんみたいな芯の強い別嬪《べっぴん》さんなら、鬼の里でも絶対モテるから、いい縁談を用意してあげるわよ」

玄湖が紫の言葉にガーンと衝撃を受けた顔で私の方を見てくる。五本の尻尾《しっぽ》もへろりと垂れた。まるで捨てられた子犬のような顔である。

私は苦笑して丁重にお断りした。

「さ、さすがにそれは……」

「そう？　鬼は一途で浮気しないし、隠し子で苦労することもないからおすすめよ」

紫の皮肉に、玄湖はゴホゴホッと咽《むせ》ている。

「そ、それより話は変わるんだけどさっ！　妖《あやかし》の天敵が鬼の一族を襲ったという話を聞いたんだけど、それって瑰さんのところの鬼かい？」

玄湖は強引に話を変えた。その慌てぶりから、これ以上この話を続けたくないのが窺える。その必死な様子にクスッと笑った後、紫は神妙に答えた。

「そうよ。一族のやんちゃな若い衆が遭遇して、大怪我しちゃったの」

「瑰さんのところの人だったんですか。大怪我だなんて……」

妖《あやかし》の天敵——仁公のことだ。

「と言ってもね、直接やられた傷は大したことなかったらしいのよ。ドジな子だったから、逃げる時に崖から落ちちゃったんだって。怪我のほとんどがその傷よ。しかも落ちた先が川だったもんで、風邪引いて寝込んでるらしいわ。皐月が鬼の里に行ってた時だったから、そこで風邪を貰っちゃったのかもねえ」

「そ、そうでしたか……」

仁公が鬼を襲ったのは間違いないが、直接大怪我をさせたわけではないと分かって、ついホッとしてしまう。出来ることなら、人間と妖《あやかし》が争うようなことになってほしくなかった。

「最近雨が続いてるじゃない。そのせいか、体調を崩す妖《あやかし》が多いみたいよ。小春ちゃんたちも気を付けてね。赤ちゃんもいるんだしさ」

「そうですね。気を付けます。皐月姫にもお大事にと伝えてください。また改めてお礼に伺います」

私たちは紫にお礼を言って写真館を出た。

せっかく繁華街の銀座にいるので、紫が書き出してくれた必要なものを色々と買い込んでから尾崎家に帰った。

「ただいま。蓮のお母さんは訪ねてこなかった？」

出迎えてくれたお楽が眉を寄せながら言った。

「いえ、そちらはとんと音沙汰がありません。ですが……信田様がいらしております」

それを聞いた玄湖は目に見えて青ざめた。

「し、篠崎さんは……？」

「信田様だけでございます」

「そ、そうか。よかった……いや、よくないけど。小春さん、とりあえず信田さんは私が応対するから、小春さんは蓮にミルクをやってもらえるかな」

「分かりました」

玄湖は真っ青な顔色で、客間に向かっていった。

「……大丈夫でしょうか」

お楽は心配そうに呟いた後、ハッとしたように顔を背《そむ》けた。

「べ、別に旦那様の心配などしておりません……」

「お楽……いいのよ。玄湖さんを心配するのは当然だし。この子のことも、本当は可愛がりたいんでしょう」

お楽は眉を下げ、私の腕の中の蓮に視線を落とす。

お楽とお重が産休中の箒木のもとに何度も通っているのは知っていた。赤ちゃんが好きでなければ、そんなに頻繁《ひんぱん》に通ったりしないだろう。

「……楽も、お重も、この子が嫌いなのではありません。ですが……歓迎するわけにもいきません。楽とお重が認めた奥様は小春奥様お一人ですから。もしこの子が本当に旦那様の子であった場合……その母親が、いずれ小春奥様を追い出そうと乗り込んでくるかもしれません。だから楽たちは、小春奥様が産んだ子供でないと、旦那様の子として認めるわけには参りません。頭が硬いとお思いでしょうが……立場上、賛成出来ないという態度を貫きます」

お楽はぽつりぽつりと思いの丈《たけ》を語ってくれた。

思っていた通り、私のことを慮《おもんぱか》ったゆえでのことなのだ。

「ありがとう。やっぱりお楽たちは優しくて頼りになるわ」

私がそう言うと、お楽は頬を染めた。

「そ、それだけではございません……！　大体旦那様の生活は小春奥様をお迎えする前は、それはそれはひどいものでしたから。楽も、このまま屋敷と共に朽《く》ちるしかないのかと、毎日不安に思っておりました。ですから、あの頃の無責任で自堕落な旦那様を思い出して、ムカッ腹が立ってしまうのです……！」

「確かに。私がこの屋敷に来たばかりの頃はひどかったものね」

「蓮に罪がないのは分かっておりますが、どうにも……」

それでもお楽はこの子を蓮と呼んでくれた。今はそれだけで十分だ。

「ううん、いいのよ。この子の世話は、私と玄湖さんでやります。お楽たちはいつも通りにしていてちょうだい」

「ええ……お重にもそう伝えます」

お楽はホッと顔を緩ませ、こっくりと頷く。

「それはそれとして、よさそうなものを持って参りました」

ドサドサと、布を蓮の横に積んでいく。

「あ、おむつ用の布ね。ありがとう」

「ええ……こっちはお腹が冷えないように腹掛け、おんぶ紐《ひも》として使えそうな兵児帯《へこおび》に、布団に、それからそれから……」

かなりの量だ。準備するだけでも大変だっただろう。

布はどれも上質で、おむつにするにはもったいないくらいの品だ。何枚もある腹掛けは、金太郎の真っ赤なものに、花柄の可愛らしいもの、麦に似た犬の絵柄のものなど、洒落たのが何枚もあった。

「助かるわ」

「いえ……どれも余っているものですので……」

そうは言うが、そうそう余るものでもない。わざわざ用意してくれたのだ。それに、お楽が気に入った相手を着飾らせるのが好きなのだと私は知っていた。立場上は可愛がるのは無理だとしても、せめてもとこうしてたくさんの布などを用意してくれたのだろう。

そんな素直じゃないお楽に、ついつい口元が緩んでしまう。

「ありがとう、お楽」

「で、では洗濯の仕事がありますので……」

お楽は恥ずかしそうにそそくさと去っていった。

「さてと、まずは蓮にミルクを作ってあげなきゃね」

蓮に話しかけると、玄湖と同じ色の目をぱちくりとさせた。

粉ミルクの缶に書いている作り方と睨《にら》めっこし、なんとかミルクが出来た。

しかし大変なのはそこからだった。

蓮は哺乳瓶《ほにゅうびん》の乳首を口元に当てても、よく分かっていない様子で、なかなか口に含もうとしない。拾ってから既に何時間か経過している。お腹が空《す》いていないはずはないのに。

私は哺乳瓶《ほにゅうびん》の口を唇に宛《あ》てがえば勝手に飲むと思っていただけに、まったくミルクを飲もうとしない蓮に困り果ててしまった。

抱き方を変えてみたり、哺乳瓶《ほにゅうびん》の角度を変えてみたりと、時間ばかりがかかってしまい、その間にミルクが冷めてしまわないかとヒヤヒヤする。

時間はかかったが、なんとか哺乳瓶《ほにゅうびん》を口に含ませることに成功した。蓮は一口飲むと、お腹が空《す》いていることを思い出したのか、じゅこじゅこと激しい音を立てて、あっという間にミルクを飲み干したのだ。

まだ飲みたそうにしていたので、次はもう少し増やしてみようと思う。

「全部飲めて偉かったね」

蓮の背中をトントン叩いてゲップをさせ、口周りを丁寧に拭く。

さっきから寝たり起きたりを繰り返していた蓮だが、お腹がいっぱいになったら眠気の方が優ったらしい。すぐに寝息を立て始めた。お楽が用意してくれた布団に寝かせる。

ミルクを飲んでくれて、とにかくホッとした。妖《あやかし》の赤ちゃんが人間の赤ちゃんとどれくらい違うか分からないが、長い間飲まず食わずでいられないのは同じだろう。

麦がとてとやってきて、蓮の口元の匂いをくんかくんかと嗅いでいる。おそらくミルクの美味《おい》しそうな匂いがするのだろう。ぺろりと舌なめずりをしている麦を、そっと引き離した。

「ダメよ。今寝たところだから、起こさないようにね」

「きゅん」

ちゃんとお願いを聞いてくれた麦のぷにぷにした背中を撫でる。

麦は気持ちよさそうに欠伸《あくび》をした。

「小春さん、蓮は——」

と、そこに襖《ふすま》が開き、玄湖が顔を出した。

私はしーっと人差し指を立てる。

「あ、ごめん」

玄湖は声を小さくし、そうっと足音を立てないように部屋に入ってきた。

「ミルクをあげたらすぐに寝てしまいました。信田さんはどうでした？」

「うん……信田さんは小春さんと話がしたいって言うんだけど……」

「分かりました。じゃあその間、蓮を見ていてくれますか」

「うん」

「麦も、何かあったら知らせてね」

私がそう言うと、麦は任せろというように蛇《へび》の尻尾《しっぽ》をしゅるりと振ったのだった。

「信田さん、ご無沙汰しております」

客間に向かい、所在なく座っている信田に挨拶《あいさつ》する。

「ああ……」

信田はいつもの歯切れよい話し方ではなく、どこか困惑しているように見えた。

「あの、もしかして今日は蓮のことでいらっしゃったのでしょうか？」

「いや、別件で訪ねてきたんだが……俺も今玄湖から聞いて驚いたところでよ」

突然、信田はガバッと私に頭を下げた。

「小春さん、玄湖が迷惑をかけちまってすまない！」

「あ、頭を上げてください！」

「いや、本当に申し訳ない。小春さんも気分を害しただろうが……」

「いえいえ、それが玄湖さんも、はっきりと思い当たる節があるわけではないみたいで。それに私も蓮のことを放ってはおけませんし」

信田は顔を上げ、凛々《りり》しい眉を寄せた。

「そうなんだよな。身内の贔屓目《ひいきめ》と言われちまうが、玄湖のやつはこれまで女遊びに興味を示したことがないんだ。小春さんも知っての通り、趣味にかまけて仕事を怠《なま》けるし、夢中になっている時は身なりも碌《ろく》に気を遣わない。それが行き過ぎて篠崎さんに尻尾《しっぽ》を抜かれたくらいでよ。ずっとそんな体《てい》たらくで、嫁探しにも難儀してたあいつに、隠し子がいたとは到底思えなくてな」

それを聞いて、私は安堵した。玄湖が他に愛した女性がいたと思うと、胸を針で刺されるような痛みを感じていたが、そうは思えないという意見が聞けただけでホッとしてしまう。

「置き手紙にも『尾崎家の当主の子』としかなかったので、玄湖さんの名前を知らない人が、なんらかの事情で置いていった可能性もあるのではないかと思っています」

「そうかもしれないが、小春さんに迷惑をかけちまったのは事実だ。それについては重ね重ね申し訳ねえ」

「あの……篠崎さんにも相談した方がいいのでしょうか?」

そう尋ねると、信田は困ったように頭を掻いた。

「いや、篠崎さんにはまだ黙ってた方がいいだろう。というかな、篠崎さんは妖《あやかし》の天敵が出たってことで、方々を飛び回ってるんだ。玄湖から聞いたが小春さんはそいつに会ったらしいな。篠崎さんの隠れ里でも襲われて怪我した妖《あやかし》がいたり、遠方の縄張りの妖《あやかし》に気を付けるよう伝えたりで、とにかく忙しいらしい。赤ん坊のことを言うにしても、もうしばらく先の方がいい」

「……そうします」

「俺も聞かなかったことにしておくよ。代わりと言っちゃなんだが、俺の方でその蓮って赤ん坊について調べておこう。母親を見つけられたらいいんだが」

「はい、よろしくお願いします」

門の前に置き去りにされていたとはいえ、蓮は蓮の葉にしっかり包まれて濡れないようにという配慮もあった。体のどこにも怪我はなく、健康で肌の色艶もいい。手放したのには何かよっぽどの事情があったのではないかと思うのだ。

「玄湖にゃ仕事を振るのをしばらく控えるから、赤ん坊の世話をよろしく頼むよ」

「はい。ただ赤ちゃんの世話は大変そうで……私も子供の頃にちょっと子守りをした経験があるくらいですから」

そう言うと、信田はカラカラと笑った。

「なぁに、赤ん坊なんて、とりあえず転がしておいて、乳を飲ませるのとおしめを替えることだけ考えてりゃいいって！　あとは勝手に育つってもんさ！」

「まあ……」

なんともおおらかな信田らしい。

「小春さんは、予行練習とでも思ってりゃいいさ。それでもどうしても大変だったら玄湖に任せちまいな。あいつが自分の子じゃないってはっきり言わないのは、最悪自分一人で面倒見るっていう意思表示なんだろうからよ」

「ええ。でも、なるべく私も頑張ります」

いつかは玄湖との間に子供が出来るかもしれない。蓮の世話をするのは、きっとその時に役立つだろう。そう考えると、少しやる気が出てきたのだった。

四章

赤ちゃんの世話がいかに大変なのか、私はまだ本当のところを理解していなかった。

まず、蓮がなかなかミルクを飲んでくれないところから始まった。

お母さんのお乳と哺乳瓶《ほにゅうびん》では違うからなのかもしれないが、散々手こずった挙句、ミルクが冷めてしまえば作り直し。そんな苦労をして、やっと飲み終えたと思ったら、数時間後にはまたミルクの時間になってしまうのである。これを繰り返すと考えただけで、気が遠くなる思いがした。

最初の数日は、ひたすらミルクを作って飲ませるだけ。他のことは二の次三の次である。試行錯誤して、今はようやくなんとか形になってきたというところか。

「世の中のお母さんって、すごく大変なのね……」

「本当にねぇ……」

玄湖も力なく頷いた。

料理や洗濯など、他の家事をお重とお楽に頼りきりでもこの大変さなのである。

ミルクは夜中にもあげる必要があったので、玄湖と世話をする時間を分けることにした。私が昼間の担当で、玄湖は夜の担当である。

夜になり、蓮を玄湖に預けて外廊下を歩く。

しとしとと降っていた雨もやみ、月が雲をぼんやりと照らしている。雨上がり特有の土っぽい匂いがした。

「明日は晴れるといいんだけど……」

どうにも湿気が多く、風もないので蒸し暑い。

寝るまで、司波から買った鳥の妖《あやかし》の羽を入れた団扇《うちわ》を使って涼もう。そう思っていると、ふわっと頬に涼しい風が当たった。続いてバサバサッと羽ばたきのような音が聞こえる。

「……鳥かしら。でも、こんな夜更けに？」

目を凝《こ》らすと、土塀の屋根に大きな鳥の影が見えた。雲越しのわずかな月明かりではよく見えないが、普通の鳥の大きさではない。人の大きさくらいはあるだろうか。

「まさか、妖《あやかし》……？」

私はジリッと一歩後退《あとずさ》った。

屋敷には妖《あやかし》が入ってこないように結界がある。以前は結界に綻《ほころ》びがあり、野良の妖《あやかし》が入り込んでいたが、手入れをした今は中までは入ってこられないはずだ。

私はその場からとって返して、玄湖のいる部屋に戻った。大きな鳥のような影がいると伝えると、玄湖が見回りをしてくれた。

「鳥も鳥の妖《あやかし》もいなかったよ。もう飛んでいってしまったのかな」

「そうですか。すみません、玄湖さんも大変なのに」

「いいって。いつでも呼んでおくれ」

「うーっ！」

それまで大人しかった蓮だが、玄湖の腕の中で顔をくしゃくしゃにしてぐずっている。

「おーい、蓮、急にどうしたんだい。ミルクも飲んだし、おむつも替えたばかりだろう」

「ふぐっ……う……うえ……」

よしよし、と背中を叩くが、蓮の機嫌は良くならない。

「どうしたんでしょう」

「小春さん。外に妖《あやかし》の気配もないし、こっちは大丈夫だから休んできなよ。昼間に蓮の世話をして疲れているだろう？　蓮のことは私に任せて」

「は、はい。おやすみなさい」

玄湖は自室まで送ってくれた。それでも恐怖心は拭えない。並べた布団の片方が空《あ》いているせいだ。

「玄湖さん……」

一緒に眠れるなら、何も怖くないのに。

蓮の世話のためだから仕方ないと分かっていても、寂しいものは寂しい。

私は息を吐き、部屋の隅の座布団で寝ていた麦を布団に引き入れた。

「お願い、一緒に寝てちょうだい」

「んきゅ……」

麦はもう眠くて、目も開いていないくらいだったが、それでも一人で寝るよりずっといい。麦を抱いて目を閉じると、体は疲れていたのか、夢も見ずに眠れたのだった。

朝、外廊下を通る時は少しだけドキドキした。明るい日差しの入り込む庭を見渡すが、あの大きな鳥のような影はなかった。ホッとする。

交替に行くと、夜中に一人でずっと世話をしていた玄湖はヘロヘロに疲れて、目が虚《うつ》ろだった。こんなに憔悴《しょうすい》した玄湖は見たことがない。

「大丈夫ですか？」

「蓮ったら、あれから一晩中ほとんど寝なくてさ……。抱っこして、ずっとゆらゆらしていないと機嫌が悪くなってしまって。ようやくうとうとしてきたと思って、そーっと布団に寝かせると、どういうわけかパチッと目を覚ましてしまうんだ。背中に感知器でも付いてるんじゃないかねえ」

玄湖は眠そうに目をしょぼつかせながら、腕を摩《さす》っている。一晩中抱っこしてゆらゆらしていたせいで腕がだるいらしい。

「それは大変でしたね」

蓮は泣き疲れたのか、目元を赤くして眠っている。

「この間忙しかった時より、今の方がずっと大変かもしれない。抱っこの角度が変わるのが嫌みたいで、私が座ろうとするだけで泣くんだもの。朝までずっと立ちっぱなしだったんだ……育児って、思ってたよりずっと大変だよ」

さすがに日中はそこまで泣きはしないが、たまに癇癪《かんしゃく》を起こしたように泣くことがある。ミルクでもおむつでもなく、理由が分からないギャン泣きを長時間されると辛いものがある。

もしかしたら暑いのかと思って、お祭りで購入した団扇《うちわ》で扇《あお》いでみると泣きやんだので、このところの暑さと湿度で、機嫌が悪くなっているのかもしれない。

「お疲れ様でした。蓮のお世話を交替しますね」

私はお静さんの上の子の子守りで何度かおむつを替えた経験があったので、蓮でもさほど苦労しないと思っていた。しかし蓮は活発な子供らしく、おむつを替える間も手足をずっとバタバタ動かしている。しかも替えた瞬間におしっこをする、なんてこともある。ミルク同様、永久に終わらない戦いのようだった。

「私はおむつを外した途端、おしっこを顔にかけられたよ」

私がおむつの話をすると、しょんぼりと玄湖は言った。眉がハの字になっている。聞いただけなら笑い話だが、実際は大惨事である。おむつを替えるだけでも一苦労だった。

ミルクを飲む量も日に日に増えている。それに比例するように、蓮は驚くほどすくすくと育った。朝起きると昨日よりずっしりと体重が増えているのが分かるのだ。最初は三ヶ月くらいだと思ったが、ほんの数日で四ヶ月くらいまで成長した。妖《あやかし》の成長速度には目を見張るものがある。

「ふふ、あっという間に大きくなって、すぐに手がかからなくなりそうね」

丸々とした手足の蓮に微笑む。

しかし本当に大変なのはここからだった。

「小春奥様、大変ですよ！」

玄湖から蓮の世話を交替してすぐのこと。厨《くりや》で朝食を作っているはずのお重がバタバタと慌てたようにやってくる。

「お重、何かあったの？」

「お楽が風邪を引いちまったみたいなんです！」

「まあ……」

私は蓮を抱えたまま、お重と共にお楽の部屋の前に向かった。襖《ふすま》はぴったりと閉められている。

「お楽、大丈夫？」

お楽の部屋から、ゴホゴホッと苦しそうな咳が聞こえた。

「こ、小春奥様ですか……楽は風邪を引いたようで……どうか襖《ふすま》は開けないでくださいまし……」

咳のせいか、ひどいガラガラ声になってしまっている。

「実は箒木と箒木の旦那もひどい風邪を引いちまったらしくて、昨日、お楽は薬や食べ物、果物なんかを届けに行ったんですよ」

「そうだったのね」

おそらくそこで風邪を移されてしまったのだろう。少し前に、長雨で体調を崩す妖《あやかし》が出ていると紫から聞いていた。あちこちで風邪が流行《はや》っているのだろう。

「薬はあるのよね？　お楽、ご飯は食べられそう？」

「小春奥様……こんな時に迷惑をかけてしまって……申し訳ありません。家には蓮もいるのに……」

「いいのよ。お楽は風邪が治るまで、ゆっくり休んでちょうだい。洗濯は私が出来る分はやっておくから。お重、お粥《かゆ》を作ってもらえる？　それから吸飲みはどこにあったかしら？　西瓜《すいか》もまだ残っていたわよね。随分声が変わってしまったし、喉が痛むなら西瓜《すいか》をすり潰したものがいいかもしれないわ」

「は、はい」

お重はまたバタバタと走り出した。

お楽に洗濯を頼めなくなってしまったのは大きな痛手だった。しかし風邪は引きたくて引くものではない。箒木の一家が風邪で大変だと聞いたら、私もお見舞いに行ってあげてと言っただろう。

とはいえ、八人分の洗濯物はどうにかしなければならない。特に蓮はおむつを頻繁《ひんぱん》に替えるため、洗濯物は山のように増えていく。

蓮をおんぶ紐《ひも》で背負って洗濯をしてみたが、蓮はなかなか大人しくしてくれない。南天たちに手伝ってもらっても、お楽のやっていた分量の半分を洗濯するので精一杯だった。

お重も厨《くりや》での仕事に加え、お楽の看病をしてもらっている。これ以上の負担はかけられない。玄湖が蓮の世話を多めにしたりと、互いに協力し合った。

ひたすら目の前の家事をこなし、蓮の世話に明け暮れる毎日が目まぐるしく過ぎ、気付けば数日が経過していた。

蓮は起きている時間が増え、周囲に興味を示すようになった。今は五ヶ月の赤ちゃんくらいだろうか。本当に成長が速い。

寝かせていても手足をバタバタと動かし、すぐに寝返りも打てるようになった。数センチくらいなら背這《ば》いで動いてしまうから、ますます目が離せない。手の力も強く、私の着物を握り込んだままなかなか離してくれないこともある。玄湖も尻尾《しっぽ》の毛を引っ張られたそうだ。何か玩具《おもちゃ》でも握らせたらいいのだろうか。

そんなことを考えながらミルクを用意していると、麦の悲鳴が聞こえた。

「きゅわーんっ！」

ミルクを作っている間、麦に見ていてもらったのだが、その悲鳴は只事とは思えない。

「麦、どうしたの⁉」

哺乳瓶《ほにゅうびん》片手に慌てて蓮のいる部屋に駆け込むと、麦の蛇《へび》の尻尾《しっぽ》を蓮が握り込んでいた。

「んーきゅうー！」

ぎゅうっと掴まれた上に引っ張られて痛いのだろう。麦は逃げることも出来ず、つぶらな瞳をうるうると潤《うる》ませている。

「蓮、離してあげて」

赤ちゃんは意外と握力が強いのだ。小さなぷくぷくの手を開かせようとするが、まったく開いてくれない。それどころか、ますます力を込めたらしく、麦はひゃんひゃんと泣いている。

「ど、どうしたら……」

「あう、う！」

蓮は麦の蛇《へび》の尻尾《しっぽ》離さないどころか、そのままもだもだと腕を振り出す始末。

蓮の腕力がすごいのか、それとも麦が軽過ぎるからなのか、尻尾《しっぽ》を掴まれたまま、ブルンブルンと振り回されている。

「きゅわああん！」

麦の悲痛な鳴き声が響いた。

「蓮、お願いだから離して！」

このままでは麦の尻尾《しっぽ》が千切れてしまいそうだ。しかし蓮は麦を玩具《おもちゃ》だと思っているのか、ちっとも離そうとしない。

その時、トタトタと軽い足音を立てて南天と檜扇がやってきた。

「蓮、どうしたの？」

「麦、泣いてるの？」

麦の悲鳴を聞きつけたらしい。

「蓮が麦の尻尾《しっぽ》を掴んじゃって離さないのよ」

南天と檜扇は蓮を覗き込んだ。

「ねえ、手をグイッて開かせるのは？」

「グイッてやるのはよくないんじゃない？」

「そうなのよね」

手を開かせるためとはいえ、あまり力を入れると、今度は蓮の指が傷付いてしまうかもしれない。妖《あやかし》だから、人間の赤ちゃんよりずっと頑丈だと玄湖は言うけれど、無理矢理手を開かせるのは恐ろしい。しかしその間も麦が振り回されて、きゅうきゅうと鳴いている。

小首を傾げた二人が、案を出してくれた。

「じゃ、こちょこちょするのは？」

「くすぐったくて、離しちゃうかも」

「いい案じゃないかしら！」

「うん、こちょこちょしてみよう！」

「しよう、しよう！」

南天と檜扇は蓮のお腹をこちょこちょとくすぐり始めた。お腹だけでなく、脇や腕もこちょこちょとする。蓮がキャキャキャッと笑い声を上げ、手がパッと開いた。宙吊りになっていた麦が畳の上にポトリと落ちる。

「ひぃーん！」

「よしよし、痛かったわね」

ひいひい鳴いている麦のお尻を撫でてあげた。見た感じでは尻尾《しっぽ》部分に異常はなさそうだが、後で玄湖に見てもらった方がいいかもしれない。

麦は蓮の手が届かないところに移動し、体を丸めて尻尾《しっぽ》の付け根をてちてちと舐《な》めている。

「南天、檜扇、助かったわ」

二人の頭を順番に撫でると、南天と檜扇は照れ臭そうに笑った。

嬉しそうな南天と檜扇に触発されたのか、蓮がニコッと笑う。

「わあ、蓮、笑ったよ！」

「わあ、蓮、可愛いね！」

「そういえば、牡丹は一緒じゃないの？」

南天と檜扇は二人で一つというほど常に一緒に行動しているが、牡丹が人の姿を取るようになってからは、南天と檜扇の側にいることが多かった。しかし、この数日は牡丹と一緒に遊んでいるところを見ていない気がする。

「眠いって言ってた」

「いっぱい欠伸《あくび》してた」

「まあ、珍しいわね」

牡丹は夜更かしをするような子ではないのだが、夜の間、蓮の世話をする玄湖に付き合って寝不足にでもなったのだろうか。

「さて、それじゃミルクをあげましょうね。よかった、まだ冷めてないわ」

そう言って蓮を膝に抱える。

「ミルクあげるところ見たい！」

南天と檜扇が声を揃えて身を乗り出してきた。

「いいけど、蓮がびっくりしないように、静かにね」

二人は両手で口元を押さえ、コクンと頷いた。可愛い仕草についつい微笑む。

「ほら、蓮。ミルクよ」

この数日でミルクをあげることには慣れてきた。同時に、蓮の方も哺乳瓶《ほにゅうびん》で飲むことに抵抗がなくなったのかもしれない。哺乳瓶《ほにゅうびん》の乳首を蓮の唇に宛《あ》てがうと、じゅうっと音を立てて飲み始めた。今日も食欲旺盛《おうせい》だ。本当に驚くほどの速度で蓮は大きくなっている。こうして抱えていると、昨日より確実に重くなっているのが分かるのだ。大体、人間の赤ちゃんの二倍か、それ以上の速度で大きくなっている気がした。

世話は大変だけど、夢中でミルクを飲む蓮を見ていると、その愛らしさに苦労を忘れてしまう。目を輝かせて蓮を見つめる南天と檜扇がいるから尚更だ。どうやら『可愛い』には相乗効果があるらしい。

「もっと近くで見たい」

南天が甘えた声で私にぺったりくっついて、蓮に顔を近付けた。

「あら、あんまり近付いたらダメよ。南天だって、ご飯を食べている時に近くでじーっと見つめられたら、恥ずかしくなっちゃうでしょう」

「そうだよ、南天、ダメだよ！」

檜扇は南天を後ろに引っ張る。ちょっと乱暴な引っ張り方だ。南天は気に障ったらしくムッと顔を顰《しか》めた。

「檜扇だって近いじゃん！」

南天はプクッと頬を膨らませて、檜扇に指を突き付けた。

「近くないよ！」

「そんなことないよ！　さっきも檜扇の方が前に出てた！」

「二人とも、大きい声出さないの」

蓮が剣呑《けんのん》な雰囲気を感じ取ったのか、ミルクを飲むのをやめて口をきゅっと結んでしまった。私は蓮を軽くあやしたが、蓮はいやいやをするばかりだ。

「ほら、蓮がびっくりしちゃったわ。だから二人とも仲良く……」

「南天のせいで小春に怒られた！」

檜扇もプクッと頬を膨らませ、南天に怒りを込めた視線を送る。

引っ込みがつかないのか、そのまま、むむむ、と二人は睨《にら》み合った。

「いっつもそうなんだ。南天はダメって言われたこともするしさ！　南天のせいで一緒に怒られちゃうんだ！」

口火を切ったのは檜扇だ。

言われた南天は、心外だと感じたのか、更に大きな声を出す。

「檜扇だってそうじゃん！　なんで嫌なこと言うの！」

「違うよ！　南天はこないだも言うこと聞かなかったよ！」

「そんなことしてないよ！」

「してた！　こないだだって、先に南天が倒しちゃおうって言ったじゃん！」

「なんだよ！　檜扇だってやろうって言ったじゃん！」

二人はそのまま言い合いを始めてしまった。

「ちょ、ちょっと、二人とも……」

私が止めても二人とも聞く気配はなく、むしろ火に油を注《そそ》いでしまったらしい。

「小春に怒られたのは南天のせい！　人間に負けたくせに！」

「檜扇だってそうじゃん！　いつも後ろにくっついてくるくせに、文句ばっかり！」

南天がドンッと檜扇を押した。檜扇は頭から勢いよく倒れ、目をまん丸にした。結構な音がしたが、痛いというよりは、驚いたという様子だ。

「ひ、ひどい……南天なんて嫌いっ！」

檜扇はガバッと起き上がり、同じように南天を強く押す。

押された南天はその場にドタッと尻餅をついた。同じく目をまん丸にしてしばらく固まった後、大きな声で喚《わめ》いた。

「痛い！　檜扇が叩いたっ！」

「南天が先にやった！」

「お願い、やめてちょうだい……」

私の制止はまったく聞かない。カッとなった二人は互いの肩をドンッドンッと突き飛ばす勢いで叩き合っている。突き飛ばされ、尻餅をついたり、転んで背中を打っているが、飛び跳ねるように起き上がって乱暴に腕を振るう。

たあいもない子供の喧嘩にも見えるが、身体能力の高い二人の争いに巻き込まれたら洒落にならない。しかも腕の中には蓮がいるのだ。

私は蓮を抱えたまま後退《あとずさ》りして、壁際で身を縮めた。麦は私の側で巨大化し、守るように盾になってくれているが、蛇《へび》の尻尾《しっぽ》はへろっとしていて、何度も私の方を振り返り、困った顔をしている。私も同じ気持ちだった。

「……どうしよう」

麦もきゅうんと鼻を鳴らす。

あの南天と檜扇が喧嘩をしている。それも取っ組み合いの大喧嘩だ。南天と檜扇は、その名前になる前から互いの存在を確かめ合うように、そして繋ぎ止めるために、ずっと寄り添い合っていたのに。

会話の内容から、仁公に負けてしまったことが、しこりになっていたことが分かった。多分それが、今になって噴火したのだ。

とうとう南天と檜扇が部屋の中で取っ組み合いを始めてしまった。互いに掴み掛かり、着物の合わせがガバッと開いている。

掴み合って畳の上で暴れる二人を見ても、私は自分の目が信じられなかった。あんなに仲のいい二人が、こんな喧嘩をするなんて。

「と、とにかく、玄湖さんを呼ばなきゃ」

私は蓮を抱いたまま、そろそろと動いて襖《ふすま》に向かおうとしたが、突き飛ばされた南天や檜扇にぶつかりそうになり、慌てて部屋の隅で小さくなった。

檜扇が南天の赤い髪の毛を強く引っ張り、南天は檜扇を投げ飛ばした。檜扇が襖《ふすま》に突っ込み、大穴が開く。かと思えば檜扇はすぐに起き上がり南天に飛び蹴りをした。南天は吹っ飛んで障子の格子と障子紙をバリバリに破る。

私は激しい音に身をすくめた。

なまじ二人の力が互角なせいで、周囲の被害は広がるばかりだ。

「い、一体なんの騒ぎだい⁉」

襖《ふすま》が開き、聞こえてきた玄湖の声に私はホッとした。

南天たちの大喧嘩のすごい音で、寝ていた玄湖もすっ飛んできたのだ。玄湖だけでなく、お重も戸口の隙間から心配そうに覗いている。

「こらっ、何をしているんだ！　小春さんと蓮がいるのに危ないじゃないか！」

南天と檜扇も玄湖にはまだまだ敵わないらしく、割って入った玄湖に捕まり、物理的に引き離された。

「小春さん、大丈夫かい？」

「え、ええ……」

「まさかこの二人が喧嘩とはね」

私は頷く。未だに信じられない気持ちでいっぱいだった。

南天と檜扇は玄湖に首根っこを掴まれて、ぶらんとぶら下がっている。そうされながらも、まるで猫がフーッと毛を逆立てるかのようにして睨《にら》み合っていた。

硬い素材の人形だからか、二人に怪我はないようだが、南天は着物の片袖《そで》が取れ、檜扇は合わせの部分が裂けたりしている。

「南天、檜扇、一体なんだってこんなことになったんだ？」

玄湖は怒るでも責めるでもなく、落ち着いた声でそう尋ねた。

「檜扇が悪いんだよ！」

「南天が先に叩いた！」

二人は同時に互いを指差してそう言った。

反省の色はなく、二人とも頬を膨らませて、フンッとそっぽを向く。

「まったくもう。喧嘩なんてしちゃダメだよ。これはお説教が必要だな」

畳の上に降ろされると、二人はバッと玄湖のもとから飛び退いた。

「やだよ、檜扇のせいだもん！」

「やだよ、南天のせいだもん！」

そのまま二手に別れ、別の方角に走って逃げてしまった。

「あっ、こら！」

反省もなければ、お説教を聞く気もないらしい。

どうしたものかと思った時、低くおどろおどろしい声が耳を打った。

「……許せない」

誰かと思えば、牡丹だった。姿が見えないと思っていたが、心配して駆けつけてくれたのだろう。お重と同じように襖《ふすま》から顔を覗かせていた牡丹だが、ゆっくりと部屋の中に入ってくる。ぎゅうっと握った拳《こぶし》がふるふると震えていた。

「牡丹の中で散々暴れ回り、昼寝していた主人様《あるじ》と牡丹を起こした上に、襖《ふすま》と障子まで壊すとは……」

牡丹は常とは違う、低い声でそう言った。鼻の上に皺《しわ》を寄せ、牡丹色の瞳には涙が滲《にじ》んでいる。これは悲しいというより、怒っているのだろう。銀色の狐の尻尾《しっぽ》が逆立っている。

牡丹が怒るのも無理はない。南天たちが破壊した襖《ふすま》や障子は牡丹の一部なのだ。

「主人様《あるじ》に拳骨《げんこつ》をしてもらわねば、牡丹は許せそうにありませぬ！」

しかし南天と檜扇はさっさと別の部屋に逃げてしまっている。彼らの逃げ足は旋風《つむじ》風《かぜ》のように速い。

どうするのかと思ったら、牡丹はむっつりした顔のまま、部屋の中央で柏手《かしわで》を打つように、手をパンパンと叩いた。

すると二人が、この部屋の別々の襖《ふすま》から同時に飛び込んできたのだ。

「あれっ？」

南天と檜扇は足を止め、同じように目と口を開いてそっくりな顔を見合わせた。まるで鏡だ。

「南天と檜扇が逃げた先の部屋の襖《ふすま》を、この部屋の襖《ふすま》に繋げたのじゃ」

以前、篠崎の隠れ里から帰ってきた時に、部屋同士の繋がりがめちゃくちゃになってしまったことがあったが、今はそれを意識的にしたらしい。いくら逃げ足の早い南天と檜扇といえども、この屋敷の中にいる限り牡丹から逃げることは不可能だ。

「南天、檜扇……何か申開きはあるか？」

牡丹は顎《あご》をしゃくり、壊れた襖《ふすま》や障子を南天たちに示した。

半眼でじっとりと睨《にら》む牡丹の迫力に、南天と檜扇は震え上がっている。普段がニコニコしていてあどけない雰囲気の牡丹だからこそ、その落差が凄《すさ》まじい。

「……ごっ、ごめんなさい」

二人は牡丹に対する恐怖でぎゅうっとくっつき、手を取り合ってカタカタと震えている。牡丹のおかげで双子の喧嘩はなし崩しに終わったようだった。

牡丹は不満そうに口をへの字にしながらも、壊れた襖《ふすま》や障子を一瞬で直した。さすが力のある屋敷神《やしきがみ》である。

部屋は元通りだし、南天と檜扇の喧嘩もひとまず収まった。誰も怪我をしなかったことに私は安堵した。玄湖やお重も同様なようで、顔に笑顔が浮かんでいる。

「うむ、元通り。主人様《あるじ》、南天と檜扇に仕置きの拳骨《げんこつ》を――」

しかし牡丹の言葉は、ぷつんと途切れた。あれ？　と思う暇もなく、牡丹の小柄な体が、突然パッタリと畳に倒れ込んだ。

「牡丹⁉」

慌てて駆け寄るが、先に牡丹の側で様子を見た玄湖が私に頷いてみせた。

「いや、大丈夫。寝ているだけだよ」

横たわる牡丹から、すうすうと寝息が聞こえてくる。

「ね、寝ている、だけ……？」

「うん。襖《ふすま》と障子を直して、妖力を使い果たしたみたいだ」

「よかったぁ……」

安堵のあまり体の力が抜けてしまった。肩で大きく息をする。

「でも、おかしいなぁ。不足しないように、毎日適量の妖力を注《そそ》ぎ込んでるはずだけど」

「そういえば、さっき南天たちが、牡丹が眠そうにしてるって話していたんです。もしかしてその時から妖力が足りていなくて眠かったのかしら」

「眠そうに？　あ、もしかして！」

玄湖は私の抱えた蓮に視線を向け、ポンッと手を打った。

「何か分かりました？」

「蓮だよ。私は牡丹にいつも通りに妖力を注《そそ》いでいる。だから本来なら不足するはずはないんだけど、蓮がいる現状はいつも通りじゃないわけさ。蓮は、きっとこの屋敷から妖力を吸い取っているんだろう。だから成長が速かったんだね。ミルクは人間用のものだから、急成長の要因にはならないし、おかしいと思っていたんだ」

「じゃあ、牡丹に妖力を多めに吹き込めば」

「うん、すぐに目が覚めるはずさ。でもその前に……」

玄湖は神妙な顔をしている南天と檜扇に顔を向けた。

「南天、檜扇、今回は何が悪かったのか、分かっているよね？　小春さんと蓮がいるところで喧嘩なんて危ないことをしたのは、私も許せないよ。お前たちは信田さんのところで一人前の妖《あやかし》になるための修行をしたはずだ。その時に、人に怪我をさせる危険性や、大切な人を守るための重要性を聞いただろう。どんな時でも、大切な人の安全を守れなきゃ、強くなったって意味がないんだ。喧嘩して周りが見えなくなるなんて一人前には程遠い。どれだけ強くなれたとしても、そんなんじゃ、せいぜい二人で半人前ってところだよ」

南天と檜扇は、何度か言い返そうと口を開くも、玄湖の言う通りだと思ったのか、黙って口を閉じた。

「……ごめんなさい」

「それじゃ、牡丹が仕置きの拳骨《げんこつ》をしろって言っていたからね。さあ頭を出しな」

玄湖は拳骨《げんこつ》を握り、はーっと息を吹きかけている。

叩くなんて可哀想だと止めたかったが、玄湖は私に黙っていろというように目配せをしてきた。何か考えがあるらしい。

南天と檜扇は、素直に頭を差し出した。

玄湖のことだから大丈夫だと思っても、ついつい心配になって、腕の中に抱えている蓮を強く抱きしめた。

「それじゃあいくよ！」

玄湖は拳骨《げんこつ》を構え、双子の頭に振り下ろした——が、コン、コン、とまったく痛くなさそう音がするだけだった。

当の南天と檜扇も頭に手を当てたままキョトンとしている。

「はい、おしまい。もう危ないことはしちゃダメだ。お前たちにはちゃんと力がついてきているんだからね。次こそ、この屋敷のみんなを守るんだよ」

南天と檜扇はコクンと頷いた。

それから玄湖は、眠っている牡丹の背中に手を当てて妖力を吹き込んだ。

「ん……」

牡丹が目を擦りながらムクッと起き上がる。

「牡丹、大丈夫？」

私がそう尋ねると、牡丹は頷いた。

「ああ、寝てしまっていた……。主人様《あるじ》が妖力を吹き込んでくださったのですね」

「牡丹、妖力が足りないならいつでも言うんだよ。それから、南天と檜扇には、しっかり仕置きの拳骨《げんこつ》をしておいたからね。あー拳《こぶし》が痛い痛い」

本当は全然痛くない拳《こぶし》を擦っている。

牡丹は頭を押さえたままの南天と檜扇に目をやり、満足したように頷いた。

「さすが主人様《あるじ》！　これに懲《こ》りたら二度と屋敷の中で暴れたりしてはならぬぞ」

私も牡丹とは違う意味でさすがだと思っていた。優しくて、頼りになる私の旦那様。

丸く収まったのを見て、戸口から覗いていたお重も安心したように厨《くりや》に戻っていった。

「それじゃあ、私も夜に向けて、もう少し寝ておくよ」

「牡丹もお供します！」

「はい、玄湖さん、おやすみなさい」

寝るために戻る二人を見送り、安心したのも束の間。それまで大人しくしていた蓮が急に顔をくしゃくしゃにした。不機嫌そうに、ふぐ、ふぐ、とぐずりかけて、いつ泣き出してもおかしくない。

「あっ、ミルク……！」

南天と檜扇の大喧嘩で、蓮へのミルクを中断していたのを思い出した。畳の上に転がっている哺乳瓶《ほにゅうびん》はもう冷たくなっている。またミルクを作り直さなければ。私はガクッと肩を落とした。

「蓮、もうちょっとだけ待っていてね」

「小春、蓮のこと見てるよ」

南天と檜扇は、申し訳なさそうな顔でそう申し出てくれた。

急いでミルクを作って戻ると、二人はちゃんと蓮を見ていてくれた。頑張ってあやしてくれたのか、蓮も泣かずに待っている。

「見ていてくれて、ありがとう」

南天と檜扇は、お互いに視線を向けてはもじもじしている。

まだ完全な仲直りとはいかないのだろう。初めての大喧嘩だったから無理もない。

南天と檜扇は、髪の色以外は中身もそっくりだと思っていたが、ここ最近は少しずつ個性が出てきたような気がする。それは二人が成長している証《あかし》なのだろう。

積極的に前に出るけれど、その分考えなしで失敗も多いのが南天。後手に回る分しっかりしていて賢いが、流されやすいのが檜扇。しかしどちらも素直で優しい子なのは間違いない。

「そういえば、この間約束したのにオムライスを作ってあげられなかったわね」

蓮が置き去りにされていた日の夕飯を、オムライスにしようと約束していたが、蓮のことでゴタゴタしてしまい、結局作れなかったのだ。

「今夜こそオムライスにしましょうか」

「いいの⁉」

「もちろん。作る間は蓮のことを玄湖さんにお願いするから。うんと美味《おい》しいのを作るわ」

「わーい！」

二人は目を輝かせて喜んだ。

「あのね、オムライス作るの、手伝いたい」

「うん。二人で一緒に手伝いたい」

南天と檜扇はもじもじしながらそう言った。

「ええ、一緒に作りましょうね！」

なんて可愛く健気《けなげ》なのだろう。

私は微笑んで二人をぎゅうっと抱きしめたのだった。


夕飯のオムライスは会心の出来だった。南天と檜扇が手伝ってくれたおかげだろう。いつもより綺麗に薄焼き卵で包めたのだ。形も焼き色も完璧で、まるでレストランで出てくるような綺麗なオムライスである。庭の巨大トマトから作った自家製ケチャップをかけて完成だ。

「よし、出来たわ！」

「すごーい！」

「美味《おい》しそう！」

南天と檜扇は、息がぴったりの手伝いをしてくれた。最初は少しだけギクシャクしていたが、すっかりいつも通りの二人に戻っている。

「二人のおかげね」

そう言うと、二人はくすぐったそうに目を見交わした。

あとは完成したオムライスと一緒に、スープとサラダを食卓に並べるだけだ。オムライスだけでなく普通のご飯とお漬物も用意した。オムライスを食べ終えても足りない人が、ご飯をお代わりして好きに食べられるようにだ。オムライスを大きめに作っても、少々物足りない健啖家《けんたんか》のお重には好評である。

と、その時、蓮の泣き声が聞こえてきた。

オムライスを作る間、玄湖に見てもらおうと思っていたが、蓮が熟睡していたので声をかけなかったのだ。玄湖は昼寝を中断してしまったし、夜は一人で蓮の世話をしているから寝ていてほしかったのだが。

作っている間くらいはなんとかなると思っていたのだが、ちょうど作り終えた頃に蓮は目を覚ましてしまったらしい。ビリビリと鼓膜が震えるほどの泣き声だ。最近は体の成長に伴って泣き声も大きい。

「わ、すごい泣き声！」

泣いても迷惑にならないように蓮を寝かせている部屋は、居間からも、各自の部屋からも、適度に距離がある場所にしていたが、驚くほど大きな声で泣き喚《わめ》くため、どここにいても泣き声が聞こえてしまう。

「小春、並べるのやっておくよ！」

「うん、蓮のところに行ってあげて！」

南天と檜扇がそう言ってくれた。

「ありがとう！　助かるわ」

廊下を早足に歩いていると、蓮の泣き声が突然ピタリとやんだ。代わりにキャッキャッと笑う声が聞こえてくる。

「あら、誰かがあやしてくれたのね」

そう思いながら、お礼を言うべく蓮を寝かせている部屋に向かう。

「べろべろバァー！」

聞こえてきた声に私は目を見開いた。蓮をあやしていたのはお重だった。

「あーれ、よしよし、いい子だねえ。ほーれほれ、べーろべろバァー！」

「ワキャーッ！　キャッキャッ！」

蓮が大喜びして笑っている。

お重は蓮の世話を手伝わないと言った手前、表立って蓮に構うことはしなかったが、本当は赤ちゃんが可愛いのだろう。

そっと部屋を覗くと、蓮にベロベロバァーと舌を出したり、プルプルと唇を突き出して震わせたりと、愉快な百面相をしていた。

しかし私の足音に気付いたのか、お重はスクッと立ち上がり、何食わぬ顔で部屋から出てきた。

「お重、ありがとう」

「別に、あたしはなーんにもしてませんよ！」

お重はツーンと顔を背《そむ》けるが、私はそれすらもおかしくて笑いを堪《こら》える。

「分かってるわ。お重にお礼を言ったのはね、いつも美味《おい》しい料理を作ってくれて、私のこともちゃんと考えてくれていることによ」

「そ、そうですか。それがあたしの仕事だからですよ」

そうは言いつつも、お重の耳がカーッと赤く染まるのが見えた。

私は嬉しくなって、唇がゆるゆるになってしまった。お重もお楽も、尾崎家のみんなが大好きだ。

「お重、そろそろご飯にしましょう。お重ほどの腕前じゃないけど、今日のオムライスはなかなか美味《おい》しそうに出来たのよ」

「そりゃあ楽しみだ。でも、後片付けはあたしがやりますからね。小春奥様にこれ以上厨《くりや》の仕事を取られたら、あたしのやることがなくなっちまいますよ」

などと言うお重だが、食後くらいは私に休んでほしいという気持ちの表れなのは分かっている。お重は通常の厨《くりや》の仕事の他に、今はお楽の看病までしてくれているのだ。やることがなくなるほど暇になんてなるはずがないのに、いつも私に負担がないようにしてくれるのだ。

「うん。それじゃあ、後片付けはお重にお願いするわね」

「あ、そうだ、小春奥様。ついでに旦那様を起こしてきてくださいな。旦那様ったら、あれだけ大きな声で蓮が泣いても起きる気配がなかったんですよ。まったく、寝汚いったらありゃしない」

「まあまあ、玄湖さんも疲れているんだもの。じゃあ、起こしてくるわね」

私はお重と別れ、玄湖が寝ている部屋に向かった。

玄湖は夜中に蓮の面倒を見るため、今は昼から夕方にかけて寝ている。疲れてぐっすり眠っているのを起こすのは忍びないが、冷めてしまった夕食を食べさせたくはない。

「玄湖さん、起きてくださいな。夕飯はオムライスですよ。とっても美味《おい》しそうに出来たんです」

「んー、うん、起きるよぉ……小春さんのオムライス……」

まん丸に膨らんだ布団に向かって声をかけると、ムニャムニャと玄湖の寝ぼけ声がする。

相当に眠いらしく、なかなか起きてくれない。

布団ごとゆさゆさと揺さぶると、布団の中からニョッキリ腕が伸びてきた。その腕が、布団の側に膝をついていた私の腰に巻きつく。

そして玄湖は、私の太ももに頭を乗せた。気付くと、まるで膝枕をしているような体勢になっている。

「ちょ、ちょっと、玄湖さんっ！」

カアッと頬が熱くなる。

しかし玄湖は寝ぼけてムニャムニャ言うだけだ。

恥ずかしいけれど、寝ぼけた声で甘えてくる玄湖を可愛いと思う。

「もう……オムライスが冷めちゃうのに」

でも、少しだけ、と自分に言い聞かせて、玄湖の髪を撫でた。赤茶色の髪は私よりも柔らかく、撫でていて心地いい髪質だ。蓮の世話にかかり切りで、こんな風に触れ合うことも久しぶりだった。

しばらく撫でていると、玄湖は私の膝に顔を伏せ、また寝息を立て始めてしまった。

「あのね、玄湖さん。今は蓮で手一杯だけれど……でも、いつかは、玄湖さんとの赤ちゃんが欲しいって思っているのよ」

恥ずかしくて、玄湖が起きている時には言えない。だから寝ている時にこっそりと伝えたのだが、よく見ると玄湖の尻尾《しっぽ》がふさりふさりと揺れている。

「ちょ、ちょっと！　玄湖さん、起きてるでしょう⁉」

玄湖の耳元も、ほんのりと赤く染まっていた。

私の顔もそれに負けじと真っ赤になっているのを感じる。

「小春さん」

ムクッと起き上がった玄湖に抱き寄せられる。

「ダ、ダメです。ご飯が冷めちゃう」

「少しだけ」

玄湖の手が、私の髪から背中をゆっくりと撫でる。

その声が真剣で、私は彼の手を振り払うことが出来なかった。

「あのね……蓮について、小春さんにずっと話そうと思っていたんだ。蓮が私の子かどうか、今は分からない。でもね、私にそういう関係だった女性はいないんだ。もし蓮に母親がいたとして、その人が私の過去の恋人だったとか、そういうことは一切ないと断言するよ」

「え？」

「妖《あやかし》の生態の話になってくるから、小春さんにはピンとこないかもしれないけど、妖《あやかし》は必ずしも親から生まれるとは限らないんだ。たとえば、南天や檜扇、牡丹みたいな、無機物から妖《あやかし》になった子を考えれば分かりやすいかな。あの子たちは母親から生まれてはいない。強いて言えば、私が創造主だから親みたいなものだよね」

それについては納得である。南天と檜扇は、玄湖が作った人形が付喪神《つくもがみ》になったのだし、牡丹は屋敷神《やしきがみ》で本体はこの家自体なのだから。

蓮のことは赤ちゃんの外見と、置き手紙のせいで母親が置いていった、つまり母親が生んだのだと思い込んでいた。身近に鬼の子供である皐月姫や、尾崎家の奉公人で、現在産休中の箒木のことが頭にあったためかもしれない。しかし、妖《あやかし》の子は必ずしもそうして生まれるとは限らないようだ。

「で、では、あの子も付喪神《つくもがみ》みたいな存在ということですか？　でも、お重やお楽が狐の匂いがすると言っていましたよね？」

付喪神《つくもがみ》であればそうと分かるのではないだろうか。私は首を傾げた。

「狐の子でも母狐から生まれたとは限らない。たとえば、私の尻尾《しっぽ》の毛が偶然どこかの妖力の吹き溜まりに落ちて、そこから蓮が発生したなんていう可能性もある。妖《あやかし》だからね。どんなに不思議でも、あり得ないことはないんだ」

私からすれば、信じる信じないの前に、不思議過ぎて頭がこんがらがりそうだ。

「それに、蓮の親らしき人物は、この屋敷のすぐ近くにまだいるかもしれないって、小春さんも思ったんじゃないかな。蓮は痩《や》せてもいなかったし、大事にされていたのが分かる。何か事情があって、泣く泣く置いていった可能性が高い。だからすぐに迎えにくるかもしれないし、近くで蓮や私たちの様子を窺っているかもしれない。それならこの家で面倒を見た方が、迎えに来やすくていいんじゃないかと思ったのさ」

「じゃあ、本当に……昔の恋人との間の子供とか……そういうわけではないんですね？」

頬が熱く、心臓がどくどくと早鐘を打っている。

「そうさ。知っての通り、私はかつて、誰でもいいから花嫁として来てくれる相手を探していたことがあった。それは事実だし、すごく不誠実な考えだったと今は思う。でも心から花嫁になってほしいって思ったのは、後にも先にも、小春さんだけだよ」

私のことを抱きしめる玄湖の腕が熱い。

全身に熱い血が巡《めぐ》っていくのを感じる。ずっとこうしていたいと、目を閉じて玄湖にもたれかかった。

「小春ーー！　玄湖まだ起きないのー？」

「小春ーー！　オムライス冷めちゃうよー」

遠くから南天と檜扇の声が聞こえて、私の肩がビクッと震える。

夕食のために玄湖を起こしにきたのを、すっかり忘れていた。

「そ、そうだったわ！　ご飯ですよ、玄湖さん。オムライスが冷めちゃう」

「うん、行こうか」

玄湖は私を抱きしめていた腕を解いて立ち上がる。それを少しだけ名残《なごり》惜しいと思ってしまった。

「――さっき、小春さんが言ってくれたのと、私も同じ気持ちだよ。……いつか、私の子供を産んでほしい」

玄湖はそう言って私の手をそっと握ると、手の甲に優しい口付けを落とした。

「っ……、はい……！」

玄湖が好きだ。胸の中にじわじわと温かいものが広がっていく。

一度熱くなった顔の熱は、なかなか冷めない。居間にいるみんなに、お楽の風邪が移ったと思われないよう、私は玄湖に握られていない方の手でパタパタと顔を扇《あお》ぎながら居間に向かったのだった。

五章

赤ちゃんの世話が大変なことには変わりはない。けれど楽しいと感じることも増えてきた。

「おーあ！」

ミルクを飲み終え、満足そうな蓮に微笑む。

「うん、いっぱいミルク飲めたわねぇ」

「蓮、可愛いね！」

「蓮、いい子だね！」

「蓮はプニプニのもちもちじゃ」

南天や檜扇、牡丹もすっかり蓮に夢中だ。

日々少しずつ大きくなる蓮を見ているだけで、幸せな気持ちになる。ぷくぷくとした蓮の肌はもちもちスベスベで、触っていて心地いい。

上手いこと蓮を泣かせずに世話を完了すると、不思議な達成感があった。

そして何より、私や玄湖の顔を覚えたのか、ニコニコと笑いかけてくれるようになったのだ。あーっと嬉しそうに口を開けて笑ってくれると、それだけで育児の疲れが吹っ飛ぶ気がした。

しかし、成長したことで新たな問題が発生することもある。

今の蓮は六ヶ月くらいの大きさだろうか。

いつの間にやら寝返りが打てるようになり、背這《ば》いではなく、ずり這《ば》いが出来るようになった。手足の力が強いのか、すぐに腰が持ち上がり、ハイハイをし始める。そうなると、片時も目が離せなくなった。それまではよく寝ているからと、少し離れてミルクを作りに行くことが出来たが、今は蓮の行動範囲が広がってしまい、恐ろしいほど速く動き回る。まるで、屋敷中をくまなく探検しているかのようだ。

「あーだ！」

「蓮！　待って！」

ハイハイとはこんなにスピードが出るものなのかと疑問に思うくらいの速度で廊下を進んでいる。直線距離だと捕まえるのも一苦労だ。

「あーだ！　あーだー！」

曲がり角でようやく速度が落ち、捕まえることが出来た。それでもなお、ジタバタと手足を動かしている。

「あと数日で歩けるようになっちゃうかも……」

さっきも食卓に掴まり、少しの間だが立ち上がっていた。ハイハイですら捕まえるのが難しくなってきたのに、これ以上の機動力となると、そろそろ私では追いつけなくなるかもしれない。

かつてお静さんから聞いたことがあるのだが、農作業をする家では、目を離せない月齢の赤ちゃんが動き回らないようにエジコという桶《おけ》に入れていたらしい。放置するつもりはないが、一時的に寝かせる場所を工夫出来ないだろうかと考えたのだ。

そこで私は、麦に協力を仰ぐことにした。

「麦、今日もお願いね」

「きゅう！」

麦に頼むと、ムクムクと膨れ上がった。

伏せをした麦の背中に、ミルクを飲んで眠そうな蓮を寝かせる。麦の体は全身がプニプニとしていて、骨もどこにあるのか分からないくらい柔らかい。エジコというよりはベビーベッドだが、私も寝てみたいくらいの柔らかさなのだ。

蓮も麦のプニプニの肉布団の心地よさには抗《あらが》えないのか、目がとろんとして、すぐに寝息を立て始めた。

「ありがとう。後でご褒美《ほうび》のトマトをあげるわね」

「きゅん！」

庭の巨大トマトは麦の好物なのだ。麦は舌なめずりしながら、喜んで協力してくれた。

こうして巨大化した麦の上に蓮を寝かせると、よく寝てくれるし、その間に掃除や洗濯などの家事が出来る。

もし蓮が目を覚ましても、自分の背中から下りれば、麦が気付いて呼んでくれるだろう。

そのおかげで、風邪でお楽が抜けた穴をなんとか埋められるくらいには洗濯が捗《はかど》るようになった。南天たちにも手伝ってもらって、ようやくお楽一人分だけれど。

「ふう、今日の洗濯もなんとか完了ね」

毎日出る大量の洗濯物を染み一つ残さず真っ白に仕上げるお楽の腕は、十分に職人技なのだと改めて実感した。

「きゅわっ、きゅわーん！」

洗い桶《おけ》を片付けていると、麦が大きな声で鳴きながらこっちに向かってくるのが見えた。

「あら、蓮が起きちゃったのね。知らせてくれてありがとう」

「きゅわん！」

「どうしたの？」

麦は私の着物の裾《すそ》を口で咥《くわ》えてグイグイ引っ張る。

嫌な予感に、蓮を寝かせていた部屋に行ったが、そこはもぬけの殻であった。

「蓮、どこ!?」

襖《ふすま》が少しだけ開いている。蓮は閉めた襖《ふすま》を開けて、部屋を抜け出すことまで出来るようになってしまったのだ。

私は広い尾崎家の廊下を走り、蓮を探した。しかし、その姿はどこにも見当たらない。もし、縁側に向かい、地面に転げ落ちてしまったら……そう考えると肝が冷えた。

それにこの間、庭に大きな鳥の影を見たのだ。あの大きさは妖《あやかし》かもしれない。屋敷には結界が張ってあり、野良の妖《あやかし》は入れないようになっているが、縁側までなら入ってこれてしまう。蓮が危険かもしれない。

「麦、他のみんなにも伝えて蓮を探してもらえる？　特に、牡丹なら家のどこにいるか分かるかもしれない」

「きゅん」

申し訳なさそうにしている麦。しかし、蓮の機動力を軽く見ていたのは私だ。

廊下には既に蓮の姿はない。ではどこかの部屋の中だろうか。何も置いていない部屋ならいいが、布団部屋や、使わない道具をたくさん置いた物置部屋もある。万が一、積み上がった道具が蓮の上に崩れてきたら。そんなことを考え、ゾッとした。

「蓮！　どこなの⁉」

片っ端から襖《ふすま》や障子を開けて蓮がいないか確認していく。尾崎家の内部は外から見るよりずっと部屋数が多く、廊下に面していない続きの間も存在する。

その続きの間に面した部屋の襖《ふすま》が細く開いているのに気付いた。蓮なら体を捩《ね》じ込めるくらいの隙間だ。

「蓮、ここにいるの？」

続きの間に繋がる襖《ふすま》を開けると、蓮の姿があった。

しかし、畳の上ではなく、壁に。

「きゃあ！　蓮！」

私はそれを見て、思わず叫んでいた。
蓮が、部屋の壁を登っていたのだ。
それも天井《てんじょう》に近い位置まで登っている。あとちょっとで長押《なげし》に手が届きそうだ。
懸命に登っていたらしい蓮は、私の悲鳴に、くりんと顔をこちらに向けた。
「あーだ、ちゃー！　おあー！」
赤ちゃんとはいえ、抜け出して悪いことをしている自覚があったのかもしれない。
バレちゃった、というように、目をぱちぱちさせている。
と、次の瞬間、蓮の体がぐらっと傾いだ。
赤ちゃんは頭の方が重いのだ。振り返った拍子にバランスを崩したのだろう。
私は慌てて蓮のもとへ走る。しかし、あと数歩というところで蓮の手が壁から離れた。
「蓮！」
手を伸ばしても間に合わない。
落ちる、と思った瞬間、びゅうっと私の横を風がすり抜ける。
視界の端を赤茶色が横切った。玄湖だ。
玄湖は蓮が畳に叩きつけられる前に滑り込み、もふもふの五本の尻尾《しっぽ》で蓮をキャッチした。

「っはあ、間に合ったー！」

蓮は玄湖の尻尾《しっぽ》にすっぽり覆われている。うーうーと、くぐもった声が聞こえてくるが、無事なようだ。

「玄湖さん！」

「いやあ、麦に叩き起こされて、びっくりしたよ」

今の勢いのせいで、玄湖は髪も尻尾《しっぽ》もボサボサだ。

「た、助かりました。すみません……私が蓮から目を離したばっかりに……」

「いやいや、まさか壁を登るとはさすがに思わないよねえ」

「おー。うーゆ！」

蓮は泣きもせず、ケロッとした顔である。

砂壁だからざらついているとはいえ、壁は壁である。だというのに壁面にはうっすらと指の跡のへこみがあり、どうやら蓮は指の力だけでそこまでよじ登ったらしい。わずかとはいえ砂壁がへこむほどの指の力があるのなら、体重の軽い蓮は壁を登ることも可能なのだろう。

ハイハイでの機動力もさることながら、人間の赤ちゃんからすれば信じられないほどの腕力があるのだ。

「でも、本当に無事でよかった。玄湖さんのおかげです」

「まーったく、危ないことはしちゃダメだぞぉ」

玄湖は蓮に言い聞かせるけれど、蓮はキャッキャと笑って玄湖の尻尾《しっぽ》をポフポフ叩いている。遊んでもらっていると思っているのかもしれない。

「あーうー！」

蓮はニコニコといい笑顔のまま、玄湖の尻尾《しっぽ》をパクッと口に咥《くわ》えた。

「うわあっ！　ダメだってば！」

大慌てで玄湖が引き離そうとするが、蓮はすごい力で玄湖の尻尾《しっぽ》を掴んで離さない。ちゃむちゃむと音を立てて玄湖の尻尾《しっぽ》をしゃぶっている。玄湖の自慢の尻尾《しっぽ》がたちまち涎《よだれ》でびしょ濡れになり、悪いとは思いつつも笑ってしまった。見れば玄湖も大笑いしている。蓮はようやく気が済んだのか、顔を上げる。そして涎《よだれ》と玄湖の尻尾《しっぽ》の毛まみれの顔をくしゃくしゃにして笑った。

「あきゃー！　きゃっきゃ！」

「ふふっ、蓮ったら！」

「涎《よだれ》でびしょびしょだし、もう今日は早めにお風呂にしよう！　よーし、蓮、お風呂だぞー」

「うー、ぶーー！」

微笑ましいやり取りは、まるで本当の家族みたいだ。

胸の中がじんわりと温かくなる。

何をしでかすか、赤ちゃんというものはまったく行動が読めない。けれど、それを嫌だとは思わなかった。ただ、少しばかり心臓に悪いこともあるけれど、日に日に成長していく蓮の姿を見守ることに幸せを感じるのだった。


「お重、ちょっとお湯を沸かしたいから、火を使ってもかまわないかしら」

ミルクを作るため、私は蓮を抱っこしたまま厨《くりや》に向かった。

厨《くりや》はお昼ご飯の準備の真っ最中で、お重が忙しそうに立ち働いている。

申し訳ないと思いつつも、蓮はミルクを欲しがってぐずりかけている。大泣きする前に用意してしまいたい。

「赤ん坊のミルクのお湯ですか」

「忙しい時にごめんなさい。蓮がぐずりそうで……」

「小春奥様はそこにいてください。厨《くりや》のことはあたしの仕事ですからね。お湯を沸かすくらい、あたしがやりますよ」

お重はぶっきらぼうにそう言った。

でも、怒ってないのは分かっている。蓮を抱えたまま火を扱うのは危ないと、手伝ってくれるのだ。素直にそう言わないだけである。態度は少し緩和したけれど、こういうところは変わらない。

厨《くりや》は私たちの昼食だけでなく、風邪を引いているお楽のお粥《かゆ》も作っていて、木製の台に載せられていた。冷ますために脇に避けてあるのだろう。

そんな時に、蓮のためのお湯まで沸かしてもらうのは申し訳ないが、赤ん坊を抱きながら火を使うのは大変なので、とてもありがたい。

私が厨《くりや》の戸口付近で待っていると、お重はテキパキと昼食を作りながら、空《あ》いたかまどに薬缶《やかん》を載せて火にかけた。今日は分身を作らず一人で作っているが、みるみるうちに同時進行で料理が出来ていく。

「やっぱりお重は手際がよくてすごいわ」

私も料理を手伝うことはあったが、熟練の腕前であるお重にはまったく敵わない。

「べ、別に、褒《ほ》めても何も出ませんよっ」

口ではそう言いつつも、お重は頬が緩みかけ、慌てて顔を引き締めているのが見えてしまった。微笑ましくて、私はクスッと笑う。

「今日のお昼ご飯もいい香りね。お味噌汁の具は――」

私がそう言いかけた時、蓮がちんまりとした手を伸ばし、お楽のお粥《かゆ》が入った鍋に手を突っ込んでいた。

「うー」

「蓮！」

慌てて鍋から引き上げたが、蓮の手はお粥《かゆ》まみれになっている。

「ああっ、大丈夫ですかっ⁉」

お重も血相を変えてすっ飛んできた。

「小春奥様、蓮の手を見てやってください！」

お重が水の入った椀を手渡してくれたので、蓮の手を開かせてお粥《かゆ》を洗い流した。

とりあえず、蓮の手は赤くなっていない。

「だ、大丈夫そうよ」

蓮もきょとんとした顔で、泣いたりはしていない。

「ああ……よかった。お粥《かゆ》の鍋は、もう十分冷えていたみたいです」

お重が鍋肌を触り、確認している。私も鍋に触れたが、人肌よりも少し温かい程度だった。火傷《やけど》にならず本当によかった。

「ごめんなさい。私が気を抜いたばっかりに……」

「いいえ、赤ん坊ってのは本当に一瞬も気が抜けなくて、難儀なもんですねえ。あたしもドキッとしましたが、無事ならよかったじゃないですか。次から気を付けたらいいんですよ」

「でも、せっかくお重が作ったお粥《かゆ》が……」

昼食の準備もあって忙しい中、お楽のために作ったのだ。それを台無しにしてしまい、申し訳なさに頭が上がらない。

しかしお重はカラカラと笑う。

「あはは、これくらい全然平気ですよ！　床に落としたわけでもないんだし。冷めてるならちょうどいい。このままお楽に食べさせますよ」

「ええっ、そんなわけにはいかないでしょう⁉」

「別に赤ん坊の手なんて汚くありませんよ。付いてるのはせいぜい涎《よだれ》くらいでしょう。お楽にゃ黙っときゃいいんですって。ほらほら、小春奥様、ミルク用のお湯が沸きましたよ。蓮も腹を空かせているからお粥《かゆ》に興味を示したんじゃないですか？　早いとこミルクをやってくださいな。あたしもこのお粥《かゆ》をお楽の部屋に持っていきますからね」

「ちょ、ちょっと、お重！」

「くっくっく……お楽やお楽、たーんとお食べぇ」

お重はニターッと黒い笑みを浮かべて、歌いながらお粥《かゆ》の入った鍋を持って厨《くりや》から出ていってしまった。

「もう、お重ったら……」

お重とお楽は蓮の件では結託していたが、元々は喧嘩ばかりの二人なのだ。

しかし今回は私が蓮をしっかり見ていなかったせいもあり、咎《とが》めにくい。

「ううーっ！」

蓮もお腹が空《す》いたようで、手足をジタバタと動かしている。早くしないと大泣きするぞと言わんばかりの様子だ。

「あっ、ごめんね、すぐに作るから」

お楽に心の中で謝りながら、私は大急ぎでミルクを作ったのだった。

蓮はミルクを機嫌よく飲んでいる。

最近は泣き声も体の成長に比例して、目の前で泣かれると鼓膜がどうにかなってしまいそうなほど大きいのだ。

「た、大変ですっ！　小春奥様ぁー！」

そんな声と共に、ドタドタとお重が駆けてくる足音がした。

「ど、どうしたの？」

「そ、それが、お楽がっ！」

そのあまりの慌てように、まさかお楽に何かあったのかと、心臓がきゅっと冷えた。

「お、お楽に何かあったの⁉」

「……いえ、楽は元気にございます……」

「えっ⁉」

見れば、お重の後ろに寝巻き姿のお楽がぬっと立っていた。

「び、びっくりしたぁ……。お楽、風邪がよくなったのね。もう、お重ったら大袈裟《おおげさ》なんだから」

ほっと胸を撫で下ろした。しかしお重は顔をぶるんぶるんと横に振る。

「違うんですって。お楽が元気になっちまったんですよ」

「だから治ったのでしょう？」

お重が慌てている意味が分からず、私は首を傾げた。

そんな私に、同じくらい訝《いぶか》しげな顔のお楽が訥々《とつとつ》と語る。

「それは、そうなのですが……楽はお重がお粥《かゆ》を持ってきてくれるまで、碌《ろく》に身も起こせないほど熱が高く、喉は腫《は》れ、咳も止まらぬ有様でございました」

確かに、朝の時点でお楽の熱はかなりのもので、もうしばらく寝込んでいるだろうとお重から聞かされていた。

しかし目の前のお楽は、寝巻き姿で少々髪が乱れているとはいえ顔色がよく、いつも通りの様子に見えた。いや、むしろ頬が艶々《つやつや》して、元気そうに見える。それに、あんなに咳をしていたのに、声もまったく嗄《か》れていない。

「……確かに、寝込んでいたにしては、ちょっと健康的過ぎる気が……」

「そう、そうなんですよ！　お楽は、お粥《かゆ》を食べた途端にケロッと治ってしまったんです。あんなにひどい風邪を引いて寝込んでいたのに一瞬で回復するなんてこと、妖《あやかし》でもさすがにありませんって！」

「それだけではございません。楽の右手の親指には大きなささくれが出来ており、ジクジクと嫌な痛さがございました……。しかし、風邪と共にささくれまで治ってしまったのです……！」

お楽は私に右手の親指を突き付けた。ささくれの痕《あと》すらない。お楽は洗濯をするのでいつも手荒れに悩んでいると言っていたが、手荒れなどない艶々《つやつや》ピカピカの手である。

「まるで、神々の作った霊薬でも飲んだのかという状態なんですが、小春奥様はあのお粥《かゆ》に何か入れたりしてませんよね？」

「入れてないけど……やっぱりあれかしら……」

私がお重に視線をやると、お重も同様に私を見ていて目が合った。二人で頷き合う。

「ですよねぇ……」

思い当たることと言えば、蓮がお粥《かゆ》に手を突っ込んだことくらいである。お重もどことなくばつが悪そうだ。

「あれ、とは……？」

一人だけ経緯を知らないお楽は首を傾げている。

「あのね、じ、実はさっきのお粥《かゆ》に蓮が手を突っ込んでしまったの。ごめんなさい！」

それを聞き、お楽はポカンと口を開けた。

「まあ……お粥《かゆ》に。それで、蓮の手は大丈夫でしたか……？」

「ええ、冷めていたから大丈夫。でも、蓮が手を入れたお粥《かゆ》を、そのままお楽に食べさせてしまって……」

お楽はニッコリ微笑む。

「いいえ、赤子の手ですから汚くはありませんよ。どうせ、お重がそのまま食べさせようとでも言ったのでしょうし……」

お楽は口元に袖《そで》を当て、いやみったらしくお重に視線を送っている。すっかりいつものお楽に戻ってホッとした。

「まったく、元気になった途端にこれだ！」

痛いところを突かれたお重は肩をすくめ、唇を尖らせている。

「とはいえ、他に心当たりがないとなると、蓮に何かあるのではありませんか？　そのぅ……たとえば、母方の能力が治癒の系統ということも考えられるでしょう。打ち身には河童《かっぱ》の妙薬が効くと有名ですし、あと切り傷が治る薬でしたら鎌鼬《かまいたち》でしょうか。風邪が治る薬は聞いたことがありませんが、そういった薬作りが得意な妖《あやかし》の血を引いているのかもしれませんね……」

お楽はどこか言いにくそうで歯切れが悪い。

しかし玄湖から、蓮が玄湖の子である可能性は否定出来ないものの、蓮の母親には心当たりがないと聞いている。私はそれを信じているから大丈夫だ。

「そうね。じゃあ、蓮には治癒の力があるということなのかしら？」

「おそらくは。蓮の様子には変わりはないのですよね……？　でしたら、もう一度試してみてはどうでしょう……？」

お楽の提案に、むくれて黙っていたお重が口を開いた。

「……じゃあ、次はあたしが試すよ。元々はあたしがお楽に蓮が手を入れたお粥《かゆ》を食べさせようって言ったんだ。あたしは風邪を引いちゃいないが、ここ数日、腰が痛くてね。こういうのも治るかもしれないじゃないか」

お重はそう言って、厨《くりや》から水を入れたお椀を持ってきた。

「お粥《かゆ》にしか効果がないのか、それとも水気のあるものならなんでもいいのかも、分かった方がいいでしょう。いちいちお粥《かゆ》を作るのも時間がかかりますからね」

「そうね」

私は蓮の手をお椀の水に浸《ひた》した。

蓮は嫌がりもせず、お椀の中の水をぱちゃぱちゃとかき混ぜて笑っている。水の感触が楽しいのだろうか。

適当なところで蓮の手をお椀から出し、お重に渡す。蓮の濡れた手は手拭いで水気を拭いた。

「じゃ、飲みますよ」

お重はお椀の水を一気に呷《あお》り、ごくんと全て飲み干した。途端に目を大きく見開いた。

「あらっ？　あらら！」

「お、お重、大丈夫？」

すっとんきょうな声を上げたお重に尋ねると、お重はその場でぴょんぴょんと飛び跳ね始めたのだ。そのキレのある動きは腰に痛みのある人には出来ない。私とお楽は目を見張った。

「痛くない！　腰の痛みがすうっと消えちまいましたよ！」

「じゃあ、本当に効き目があるってことね。すごいわ、蓮！」

蓮は分かっているのか、いないのか、嬉しそうに笑っていた。

「玄湖さん、聞いてください！」

私は玄湖が仮眠をしている部屋の襖《ふすま》を開けた。

玄湖は私と入れ替わりで夜に蓮の世話をしているので、日中は寝ている。寝ているところを起こすのは申し訳ないと思いつつ、すぐに知らせた方がいいと判断した。

「んん、なんだい……」

玄湖は目をしょぼつかせて起き上がる。

「蓮にすごい力があるんです！」

私が一連のことを説明すると、眠たげだった金色の目がぱっちりと開いた。

「それはすごい！」

髪はボサボサの寝癖頭ながら、はっきり覚醒したようだ。

「私も確認してみたいな」

お重にやったのと同じように、水を入れたお椀に蓮の手を浸《ひた》してから玄湖に渡した。

玄湖はお椀をクルクルと回しながら水の波紋が揺らめくのを眺めている。かと思えば鼻に近付けてクンクンと匂いを嗅いだ。

「何か匂いがしますか？」

「うーん。ほんのわずかなんだけど、ただの水とは違う匂いがするね」

私も玄湖の持つお椀に鼻を近付けてみたが、まったく分からない。お楽やお重も何も言っていなかったので、鋭い嗅覚を持ち、なおかつ意識しないと分からない程度の匂いのようだ。

「この匂いどこかで……」

玄湖は首を捻《ひね》りながら、指先をお椀の水に浸《ひた》し、口に入れた。

「うん、これは霊薬だね。というより……霊薬をものすごく薄めたもの、というのが近いかも。蓮、どうやったんだい？」

玄湖は私が抱いている蓮に顔を近付けた。

「あーうー！　うーぶー！」

しかし答えられるはずもない。蓮は小さな手を伸ばし、玄湖の髪の毛をわしっと掴んだ。

「ちょ、ちょっと、蓮！　痛いってばあ！」

蓮は容赦なく玄湖の髪を引っ張っている。蓮の力は、赤ちゃんとは思えないほど強いのだ。しかも赤ちゃんゆえに遠慮がない。

「蓮、離してあげて。ね！」

「むーや！」

「蓮、勘弁しておくれよぉ」

玄湖は髪を引っ張られてヒイヒイ泣いている。

しばらく引っ張って満足したのか、蓮は玄湖の髪から手を離した。

「玄湖さん、大丈夫？」

「痛かったぁ……頭皮が取れてしまうかと思った」

本気で痛かったらしい玄湖は、眉を下げて頭を摩《さす》った。壁にも上れる腕力で引っ張られたのだから相当だろう。

しかも何本か抜けたらしく、赤茶色の髪の毛が蓮の手に握られている。蓮はそれを躊躇《ためら》いなく口に入れようとしたので、慌てて取り上げた。

「あ、危なかった……。蓮、それを口に入れちゃダメよ」

「この間の烏《からす》に尻尾《しっぽ》の毛を毟《むし》られた時と同じくらい痛かったよ」

それがあんまりにもしょんぼりした声なものだから、私は手を伸ばして玄湖の頭を撫でた。

「ありがとう、小春さん。小春さんが撫でてくれたら痛みが引いたよ。蓮に毟《むし》られたところ、ハゲになってはいないよね？」

「なってませんから、安心してください」

「もしハゲになったら、蓮のこの薬で治るんだろうか……」

「風邪や手荒れや腰痛まで治るのですから、治るんじゃないかしら？」

「それなら安心……じゃないってば！」

「ふふ、もう、玄湖さんったら」

私は玄湖と顔を見合わせて笑い合う。蓮も少し遅れて、私たちを真似するかのようにニコッと笑みを浮かべたのだった。

「さて、蓮が触れた水は霊薬になるみたいだ。効果も風邪や小さな傷くらいならすぐに治ってしまうみたいだね」

「玄湖さん、霊薬というのは？」

「大怪我や大病も治せる万能薬のこと。風邪にも腰の痛みやささくれにも効くっていうんだから、これはすごい薬だよ。以前、小春さんが隠れ里で腕を怪我した時に使ったのは鎌鼬《かまいたち》から分けてもらった傷薬だね。あれは切り傷にはよく効くけど、それ以外の風邪や腰の痛みには効果がない。こんな風になんでも治る霊薬はすごいってこと。本来、霊薬を作るにはとっても時間がかかる。作れるのも、篠崎さんくらい長生きで、神様として祀《まつ》られているような強い力を持つ妖《あやかし》だけなんだけど。どうして蓮みたいな赤ん坊が、薄いとはいえ、こんなにすごい霊薬を作れるんだろうね」

玄湖は首を傾げた。

「まあ、理由は後回しでいいか。小春さん、この霊薬を、風邪を引いている妖《あやかし》たちに配ろうと思うんだ」

私は頷いた。

「もちろん賛成です。お楽の風邪は長引いてとても辛そうだったもの。箒木たちや皐月姫も風邪と聞いたから、悪化していないか心配だわ」

「うん、鬼の里でも風邪が流行《はや》っているそうだし、今も辛い思いをしている妖《あやかし》がいるかもしれないからね。怪我にも効くみたいだし、仁公に襲われた鬼の若い衆にもいいかもしれないよ」

「そうね。お願い、協力してね、蓮」

私がそう言うと、蓮は「あぃー！」と元気よく返事をしてくれた。

さっそく、私と玄湖は蓮を連れて紫の写真館に赴《おもむ》いた。最近ずっしりと重くなった蓮は玄湖が抱っこしてくれている。

しかし写真館の扉は鍵が閉まり、閉店の札が掛かっていた。

留守なのかと思いながら一応扉をノックすると、少し経って、扉の向こうに人の気配がした。

「紫さん、いらっしゃいますか？」

「……あら、誰かと思ったら。せっかく来てくれたのにごめん。あたしも瑰も、皐月の風邪が移っちゃって」

紫は扉を開けず、扉越しにガラガラ声でそう言った。

「いえ、万能薬を持ってきたんです。びっくりするくらい効きますから試してみてください」

「え⁉　でも、小春ちゃんたちに風邪が移っちゃったら……」

紫は少し話すだけでケホッと苦しそうに咳き込んだ。お楽と同じ症状のようだ。

「大丈夫です！　気になるようなら薬の瓶が入る隙間だけ扉を開けてください。飲めばすぐに効き目があるはずです。私を信じてください！」

「そ、そこまで言うなら……」

少しだけ開けてくれた扉の隙間から、あらかじめ用意してきた霊薬の入った瓶を入れる。

「その薬は紫さんが今すぐ飲んでください。皐月姫や瑰さんの分もありますから」

「え、うん、じゃあ……」

それから、ものの数秒で鍵が開く音がした。

「ちょ、ちょっと、小春ちゃん、何この薬！」

扉が勢いよく開き、中から紫が飛び出してきた。ガラガラだった声も元に戻っている。

しかし寝巻きに上着を羽織っただけの姿だったので、私は慌てて往来から紫を隠すように両手を広げた。

「紫さんってば、まず着替えてきてください！」

「あら、あたしったら、ごめんね！」

紫は自分の姿を思い出したらしく、照れ笑いを浮かべた。

「とりあえず、これ皐月姫と瑰さんの分です。着替えついでに飲ませてあげてください」

「ありがとう！　ちょっと上がって待ってて」

紫は軽快な足音を立てて、写真館の奥の扉から二階へ上がっていった。

振り返ると、玄湖は扉に背を向けていた。

「……もう瑰さんに怒られたくはないからね」

その言葉に私はクスッと笑ってしまった。紫の夫である瑰は愛情深い分、嫉妬深くもあるのだ。

「もう紫さんは二階に行ってますよ。上がって待っていましょう」

しばらくして、普段着の木綿のワンピースに着替えた紫は、瑰と皐月姫を伴って一階に下りてきた。

「小春！　玄湖様ぁ！」

私たちに飛びつこうとした皐月姫が瑰に制止された。

「こら。まだ病み上がりだ。あまり激しく動くな」

「もう平気だもん。小春と玄湖様の持ってきてくれた薬で治ったもん！」

「ダメだ。風邪は治っても数日まともに食べていなかったのだからな。大人しく出来ないのなら二階に行け」

そう言われ、皐月姫は唇を尖らせながらも、コクンと頷いた。

「……分かった。大人しくするからぁ」

「それならいい」

皐月姫に甘かった瑰も随分変わったようだ。微笑ましさに目を細めた。

「ねえ、小春、玄湖様。アタシ、赤ちゃん見たい」

飛びつくのではなく、トコトコと大人しく歩いてきた皐月姫は、玄湖に抱かれた蓮の顔を覗き込んだ。

「じゃあ、小春さん、蓮を抱っこするのを代わってくれるかい？　その間、私が瑰さんたちに薬のことを説明するから」

「分かりました」

玄湖から蓮を預かり、膝に抱えてソファに座った。皐月姫がちょこんと隣に座り、キラキラした目で蓮を見た。

「可愛いね！　小春が生んだの？」

いつだかの紫と同じことを言う皐月姫に苦笑する。

「ち、違うわ。ええっとね、ちょっと預かっている子なの」

まだ幼い皐月姫にどこまで説明したものかと迷い、とりあえずそう伝えた。

「そうなんだ。じゃあこの子、そのうち元のお家に帰っちゃうの？」

「……そうかもしれないけど、もうしばらくは家にいると思うわ」

「ふうん。男の子？　名前は？　長くいてくれたら、アタシとも遊べるようになるのになー」

「男の子よ。蓮っていうの。とっても元気な子なのよ。この間なんて、部屋の壁に登ったの。びっくりしちゃったわ」

蓮の話を聞かせると、皐月姫は声を上げて笑った。ほんの少し前までひどい風邪が全然治らず、しんどかったそうだが、今はそんな風にはまったく見えない。

「アタシが治ったの、蓮のおかげなんでしょ。ありがとね、蓮！」

玄湖が紫たちに話しているのを聞いて、皐月姫も状況を理解したようだった。蓮に笑顔を向ける。

皐月姫が小さなふくふくした手を伸ばすと、蓮は更に小さな手でキュッと皐月姫の指を握った。

「えへへ」

「あうー」

皐月姫が笑うと、蓮もニコッと微笑む。

二人ともなんて可愛いのだろうか。あまりの可愛さに、思わず胸がきゅうっとしてしまう。

「あ、小春さん、説明が終わったんだけどさ……」

玄湖の声にそちらを向く。

すると紫は苦しげに胸を押さえ、瑰は手のひらで額を覆っていた。

「ど、どうしたんですか、二人とも」

「皐月と蓮くんが可愛過ぎて胸が苦しいのよ。カメラ……カメラを用意させて……！」

「……破壊力がすごいな」

堅物な瑰までもが呻《うめ》くようにそう言った。二人の親馬鹿っぷりについ笑ってしまうが、私も人のことは言えない。赤ちゃんと小さい子の戯《たわむ》れは、それだけ可愛く尊《とうと》いものだから。

「小春さん、鬼の里の薬は瑰さんが配りに行ってくれることになったよ」

瑰が水を張った大樽を用意してきて、しばらくそこに蓮の手を浸《ひた》した。

瑰は大樽の水を柄杓《ひしゃく》で掬《すく》い、匂いを嗅いで言った。

「さっきは風邪のせいで鼻が効かなかったが、確かに薬の匂いがする」

無事に大樽いっぱいの水が薬になったようだ。

蓮は薬を作っても、特に体調に変化はない様子だ。

「どうも、私が思っていた以上に、あちこちで風邪が広まっているみたいでさ、私と小春さんも行かなきゃならない場所が多いから、鬼の里にはそっちで配ってもらえると助かるよ」

「いや、こちらこそ助かる。ところで、その赤子……蓮のことだが、この薬で風邪の流行が終息した後はどうするつもりだ？」

「どうすると言われても……」

私は蓮に視線を落とした。私の着物を掴んだまま、すうすうと寝息を立てている。

さっきまで皐月姫とはしゃいでいたから疲れたのだろう。病み上がりの皐月姫も同様だ。

「もし、尾崎家の手に余るようであれば、鬼の里で養育をしても構わない。もちろん、その赤子が薬を作れるからではない。母親が名乗り出てくるかどうかも分からない状態で赤子を育てるのは大変だろう。鬼の里には同じ年頃の赤子を育てている夫婦もいる。鬼は体力もあるし頑丈だ。随分力のある赤子のようだが、鬼の赤子ならいい遊び相手になれるはずだ」

「それは……」

思わず蓮を抱く手に力がこもる。

私が顔色を変えたのに気付いたらしく、瑰は首を横に振った。

「無理に渡せと言っているのではない。預かるだけだ。会いたければ会えるようにする。尾崎と小春殿にはまだ実の子がいないのだし、よその赤子にかまけている暇はないはずだ。そういう選択肢もあると思っていたらいい」

「もう、瑰は回りくどいんだから。小春ちゃん、瑰は小春ちゃんたちを心配しているだけなのよ。この子の世話が、小春ちゃんたちの生活の負担になるなら、鬼の里に預けても構わないからね」

隣に座る玄湖を見上げると、玄湖は優しい笑みを浮かべて私の背を撫でてくれた。

その瞳から、お互いに同じことを考えているのだと分かった。私は玄湖に小さく頷いてから口を開く。

「お気遣いいただいて、ありがとうございます。確かに、慣れない子育ては思った以上に大変ですが、蓮を可愛いと思う気持ちも事実です。それに、南天や檜扇、牡丹も私の子ではないけれど、大切な家族であることに変わりません。蓮の母親が迎えに来るかどうかは分かりませんが、それまでは、尾崎家で大切に育てたいと思います」

「そう」

紫はニッコリと微笑む。瑰も分かりにくいが、頬を緩めて微笑んでいる様子だ。

「そういう考えであれば、俺もこれ以上の口出しは控える。……だが、困ったことがあればなんでも言ってくれ。鬼の里の総力を挙げて力になろう」

「はい、ありがとうございます」

私がそう言うと、照れ隠しなのか瑰は眉を寄せた。

「だから、礼を言うのはこちらだと……」

瑰は少々口下手だがいい人なのだ。私と玄湖は顔を見合わせて微笑んだ。

「そうだ、尾崎。他の妖《あやかし》にもこの薬を分けに行くのだろう」

「ああ、そのつもりだよ」

「お前なら問題ないだろうが、くれぐれも気を付けろ。鬼の里の若い衆が妖《あやかし》の天敵に襲われた」

「ああ、聞いているよ。というか、小春さんはそいつ——仁公に会ったんだ。南天と檜扇が一瞬でやられてしまうほどの強者だったらしい」

「南天と檜扇というと、お前のところのあの人形の付喪神《つくもがみ》か。子供だが決して弱くはなかったはずだが……厄介だな」

「で、でも、あの人は人間の私には何もしませんでした。牡丹のことも見逃してくれて」

「ふむ……そういえば、その人間には、怪我をした若い衆だけでなく子供も遭遇したようだが、逃げた子供は追わなかったらしい。襲われても応戦せず、逃げれば被害は少なくなるかもしれないな」

瑰の言葉に私は頷く。

「同じ人間だから庇《かば》うというわけではありませんが、あの人は家族を妖《あやかし》に殺された復讐で行動しているみたいなんです。これ以上の被害を出さないためにも、遭遇した妖《あやかし》には逃げてほしいと思っています」

「その話は篠崎さんには伝えてある。他の妖《あやかし》に広めてくれているはずだ。鬼の里でも薬を持っていくついでに広めてほしい」

「承知した。今後の被害が少しでも減るように動こう」

「それじゃ、私たちも風邪で寝込んでいる他の知り合いに薬を届けにいってくるよ」


私たちの次の目的地は、信田の屋敷だった。

玄湖が前もって、早手紙という妖《あやかし》の術で連絡を取ってから向かったのだ。

なんと、場所は大阪である。

信田には粋《いき》な江戸っ子という雰囲気があるので、少し意外だった。元々関西方面で有名な狐なのだそうだ。

鳥居経由で来たため、今回も移動は一瞬だった。私は旅行の経験はほとんどなく、関西に来たのは初めてだ。

通りを行き交う人の言葉の抑揚が、聞き慣れたものとまったく違うのは新鮮だ。気のせいか、街の匂いまで異なる気がした。ほんの少し歩いただけで気分が高揚してくる。キョロキョロとあたりを見回しながら歩く私を、玄湖が微笑ましそうな目で見ていた。

「こんな時でなければ、小春さんを連れてゆっくり観光がしたかったなぁ」

「ええ、本当に。このあたりは何があるんですか？」

「港に立派な大桟橋があってね、外国から大きな船が来るんだよ。貿易が盛んで、外国の珍しいものをたくさん売っているよ。市電もいっぱい走ってるし、昔から商業の盛んな地域だから、買い物をして回るだけでも楽しいだろうね。落ち着いたらまた来ようか」

私はその約束に笑顔で頷いた。

大きな稲荷《いなり》神社の奥に、信田の住む屋敷が結界に隠されていた。透明な膜のように感じる結界を越えると、ただの森にしか見えなかった場所に突如大きな屋敷が現れた。妖《あやかし》の術には毎度驚かされる。

信田の屋敷は、藁葺《わらぶ》き屋根に白い漆喰《しっくい》の、豪農の屋敷を彷彿《ほうふつ》とさせる佇《たたず》まいだった。その横には板張りの道場らしき建物が隣接している。とにかく庭が広いのだが、木どころか草もなく、平らな地面に砂利が撒かれて的や巻藁《まきわら》が隅に置いてある。ただの庭ではなく、鍛錬《たんれん》場のようだ。

「信田さんらしいお屋敷ですね」

派手さはなく、木や乾いた藁《わら》のような匂いから、懐《ふところ》の深い信田を彷彿《ほうふつ》とさせる温かさが感じられたのだ。

「そうだろう。今は誰もいないけど、普段は信田さんに鍛《きた》えられている弟子みたいな妖《あやかし》がたっくさん鍛錬《たんれん》しててさ、土埃《つちぼこり》は立つし、うるさいのなんのって」

面倒見のいい信田らしい。南天や檜扇も修行しに来ていた。

「あら？　いつもはいるのに、今は誰もいないということは、もしかして、それだけの人数が風邪で動けなくなっているのではないかしら？」

「ああ、そうかもしれないねえ」

玄湖はそんなとぼけたことを言う。

私も普通よりちょっと重い風邪くらいに思っていたが、想像していたより、ずっと感染力が強くて恐ろしい病なのかもしれない。

「うーん、なんだか疫病みたいな感染力だね。人間の世でも数十年前に疫病が流行して、たくさんの人が亡くなったんだ。あれを思い出すよ」

「玄湖さん、急ぎましょう」

玄関に向かって玄湖が声をかけようとした瞬間、ガラッと引き戸が開いた。

「おう、玄湖に小春さん。よく来てくれたな」

信田はいつもの着流し姿で、袖《そで》を捲《まく》り上げている。背筋もしゃんと伸びており、いつも通り溌剌《はつらつ》として見えた。その姿に、私はホッと息を吐く。

「信田さんはご無事だったんですね」

「いや、熱が四十度ある！」

信田は指を四本立てて、これ以上近寄るなというように私たちを押し留めた。

「ええっ⁉」

四十度の熱があるとは思えないほど元気そうに見える。でも言われてみれば、確かに声が少し嗄《か》れているかもしれない。

「だ、大丈夫なんですか？」

「ダメだな。こんなに熱が出たのは、生まれて初めてだ」

「玄湖さん、早く薬を」

あらかじめ数人分の薬を瓶に入れて持ってきたのだ。

「ああ。信田さん、これを飲んでおくれ」

しかし、玄湖が差し出した薬を信田は受け取ろうとしない。

「これがさっき早手紙に書いてあった薬か。だが、俺より先に飲ませてほしい者がこの家にはたくさんいる。俺を頼って集まってくれた奴らだ。そんな奴らより先に元気になるわけにはいかねえな！」

「いや、さっさと薬を飲んで、配るのを手伝ってほしいんだけど」

「俺はまだ耐えられる。大丈夫だ！」

その頑《かたく》なな態度に玄湖はため息を吐《つ》いた。

「こりゃダメだ。熱でおかしな感じになってしまっているよ」

「そ、そうみたいですね……」

なんせ、目が爛々《らんらん》と輝いているのだ。だが熱が四十度あると言うだけあって、よく見ると顔色が悪いのに目の周りだけ妙に赤い。どう考えても早く薬を飲ませた方がいい。無理をしているというより、まともに判断出来なくなっているのだ。

玄湖がチラッと目配せをしてくる。その意図を理解し、私は頷いた。

「……小春さん、ちょっと蓮を抱くのを代わってくれるかい。それで、少し下がっていておくれ」

「ええ、分かりました」

玄湖から蓮を受け取り、私は数歩玄関から離れる。

すると玄湖は信田を羽交締めにし、その口に薬の瓶を突っ込んだ。

それを見て、何故か蓮はキャッキャと笑っている。

「もう、信田さん！　四の五の言わずにさっさと飲んでおくれ！」

ガボガボと音がする。信田は咽《むせ》込《こ》みながらも薬を飲んだらしい。

「うおっ、なんだこりゃ。力が湧いてきたぞ！」

「それは力が湧いたんじゃなくて、風邪が治ったんだよ、信田さん……」

見当はずれなことを言う信田に、玄湖は肩をすくめた。

「そ、そうなのか。実は俺は風邪を引いたのが初めてでな。なるほど、これが風邪の症状か」

信田は照れ臭そうに頭を掻いた。

「信田さんってば、実は脳みそまで筋肉で出来ているんじゃないだろうね」

ボソッと呟く玄湖に、私はついつい苦笑してしまったのだった。

改めて、蓮の触れた水が霊薬に変わることを信田に説明した。

「――というわけでね、信田さんにも薬を飲ませるのを手伝ってほしいんだ。私は関西方面に知り合いは少ないし、この屋敷にも風邪で寝込んでいる妖《あやかし》がいるんだろう」

「ああ、俺の弟子たちがいるが、全員風邪を引いちまってる。怪我している奴もいるから助かる。この薬、怪我にも効くそうじゃないか」

「怪我ですか？　事故か何かで……？」

私がそう尋ねると、信田は太い眉を軽く寄せた。

「小春さんの手前、ちょっと言いにくいんだが……俺の知り合いの狐が妖《あやかし》の天敵と遭遇しちまったみたいでな。怪我を負って鳥居経由でこの屋敷まで逃げ込んできたのを保護してるのさ」

「おや、信田さんの知り合いもかい」

「ああ。そいつの手当てをして寝かせていたところ、急に熱が出てな。てっきり怪我のせいで熱を出したんだと思っていたが、あっという間に屋敷の全員が熱を出し、風邪で寝込んじまった」

その話に私は目を見開き、玄湖と顔を見合わせた。

鬼の里の若い衆も仁公に襲われ、逃げ帰ってから風邪を引き、それが鬼の里に広まったと紫たちから聞いていた。

「……なんだか、仁公に襲われた妖《あやかし》から風邪が広まっている気がするね」

「ええ……」

私は頷く。

「さあな。たまたまかもしれん。ちょうど長雨で病気が流行《はや》りやすい時期だったしな。それに怪我をしたせいで体が弱っていたというのもあるだろう」

「そうかもしれませんけど」

　私には、ただの偶然とは思えなかった。嫌な予感で胸がざわつく。

「まあ、考えている暇はないか。信田さん、早いところ蓮の力で薬を作りたいんだが、たくさん水が入るような容器はあるかい？」

「それなら水瓶《みずがめ》はどうだ。ちょっと用意してくる」

　信田はすぐに大きな水瓶《みずがめ》に水を張って運んできた。

　蓮の手を入れ、霊薬を作る。

「へえ、それだけで薬になるのか。蓮坊は大丈夫なのか？」

「特に変わった様子はないですが」

「どれどれ。ちょっと見せてくれるか」

　信田は蓮をひょいっと抱き上げ、顔を近付けた。

「うー！」

「おお、こりゃ元気があるな」

　蓮はニコニコしながら手を伸ばし、信田の耳を引っ張った。

「おいおい、耳ってのはなかなか鍛《きた》えられないんだ。引っ張るのはやめてくれないか」

「す、すみません！　蓮、やめなさい」

しかし蓮は離さず、信田の耳を引っ張り続けている。玄湖と手を離させようとしたが離さない。

「いや、元気があっていい。あれだけの薬を作ったのに、妖力の消耗も大したことはなさそうだ。うーん、まあなんにせよ、蓮坊にとって負担になっていないならいいだろう」

信田はかなり強く耳を引っ張られているのに、平気な顔をしている。

「あの……痛くないんですか？」

「痛い！　だが、耳を鍛《きた》えるいい機会だと思えば大したことはない」

「やっぱり、信田さんは脳みそまで筋肉で出来ているんだよ。きっと、私たちと痛覚が違うのさ」

玄湖は私の耳元でそう囁《ささや》き、私までそんな気がしてしまったのだった。

六章

蓮の霊薬により、信田の屋敷にいた風邪引きの妖《あやかし》たちは全て快癒《かいゆ》した。

あんなにひどい風邪が一瞬で治ったため、治ったのではなく死んだと誤解する妖《あやかし》もいるほどだった。

「こりゃあどうしたことや？　まさか俺は死んだんやろうか」

「死んでないってば。治ったんだよ！」

とぼけた発言の妖《あやかし》に、玄湖が呆れたように言う。

「いやあ、よかった。みんな無事みたいだね」

私はホッとしながら頷いた。怪我と風邪の両方で苦しんでいた妖《あやかし》もすっかり元気だ。

「さすが信田先生のご親族！　薬をありがとうございます！」

「これで修行再開や！」

信田の弟子たちは大喜びで、さっそく表に出て跳ね回っている。むしろ元気が有り余っているようだ。さすが信田の弟子たちである。

水瓶にはまだかなりの量の霊薬が残っていた。

「助かった。残りの霊薬は俺が責任を持って預かって、この近辺で同じような風邪を引いている妖《あやかし》に配ろう」

「ええ、お願いします」

他にも玄湖の親族や知り合いなどへ霊薬を配って歩き、最後に篠崎の隠れ里に向かった。

鳥居から出て、以前も歩いた山道を下り、篠崎の屋敷までやってきた。しかし屋敷は静まり返っている。いつもならすぐに現れる出迎えの小狐も出てこない。

しばらくしてようやく出てきた小狐はふらふらで、壁伝いにやっと歩いているという有様だ。どうやら篠崎の小狐たちも風邪を引き、高熱を出しているようである。

「お、尾崎様……こ、このような状態で、お目汚しをしてしまい……申し訳ありません……」

「しっかりして、この薬を飲んでちょうだい！」

出迎えてくれた小狐に、慌てて霊薬を飲ませた。小狐は途端にシャキッと立ち上がる。面布《かおぎぬ》で顔を隠しているから顔色までは分からないが、さっきまでへろっとしていた紺鼠《こんねず》色の耳や尻尾《しっぽ》がピンとして、元気になったのが窺えた。

「よかった。薬が効いたみたいね」

「な、なんと。薬を持ってきてくださったのですか。感謝いたします！」

感謝を示すためか、小狐が私と玄湖の足元に跪《ひざまず》いたものだから、慌てて立ち上がらせた。

「それよりも、早くみんなに薬を飲ませなきゃ。風邪を引いた小狐はたくさんいるんでしょう？」

「そちらは我々にお任せください」

小狐は、手近な何人かの小狐に薬を飲ませる。すると元気になった小狐たちは見事な連携できびきびと動きだし、熱で動けない小狐たちに次々と薬を飲ませていった。

あっという間に篠崎の小狐たちや、屋敷にいた妖《あやかし》たちが元気になった。

「尾崎様、ありがとうございました」

数えきれないくらいたくさんの小狐が集まり、次々と頭を下げてくる。

「それより、小狐たちが風邪の状態だったってことは、篠崎さんはまだ戻っていないのかい？」

「ええ、既に聞き及んでいるかと存じますが、妖《あやかし》の天敵が出たということで、主人《あるじ》様はあちこちの妖《あやかし》の長《おさ》と連絡を取り合い、話し合いのために留守にしているのです」

「そ、そうかい」

玄湖は目に見えてホッとしている。

蓮の件で篠崎に怒られるのが怖かったのだろう。

「でも、篠崎さんだけじゃなく、各地の妖《あやかし》の長《おさ》まで出てくるとは……。かなりおおごとになっているようだね」

「幾人もの罪のない妖《あやかし》が襲われたそうですから、危機感を強める者、やられたからにはやり返そうという者もいます。しかしながら、その仁公なる人間は人を食らおうとする妖《あやかし》も退治しているそうなので、このまま行動を監視しつつ様子を窺おうと言う者もいるらしく、話し合いが難航しているそうでございます」

「各地の妖《あやかし》の長《おさ》が話し合いを……。ということは、妖《あやかし》の天敵になる人間って滅多にいないのかしら？」

「いいえ、むしろ、昔の方が人と妖《あやかし》の距離が近く、その分、妖《あやかし》の天敵も多かったのですよ」

「そうなの？」

小狐はコクンと頷き、説明をしてくれた。

「修行をして特殊な力を身に付けた人間は、昔から数多くいました。人間が危険な人食いの妖《あやかし》から身を守るために必要な知恵でもあったのでしょう。近年、我々妖《あやかし》も、人の世に紛れるか、人の来ないような場所で平穏に暮らすようになりました。それにより、我々を敵視して修行をする人間がぐっと減ったのです。今では妖《あやかし》退治は架空の話と思っている人間の方が多いのではありませんか？」

なるほど、と思った。人間だって妖《あやかし》に襲われなければ、わざわざ戦う術《すべ》を身につける必要はないのだ。

「じゃあ仁公は、久しぶりに現れた妖《あやかし》の天敵なのね」

「ええ。今回、妖《あやかし》の長《おさ》たちが危機感を持った理由の背景には、人間社会の成長があります。妖《あやかし》の術が使える我々に比べ、これまで人間は寿命が短く、移動にも時間がかかっていました。そのため、たとえ天敵が現れたとしても、近場でない限りは直接の脅威にならなかったのです。ところが昨今、人間は鉄道やら何やらを使って、あっという間に長距離を移動するようになりました。つまり、東京で妖《あやかし》の天敵が出た以上、遠く離れた大阪や京都の妖《あやかし》にとっても他人事《ひとごと》ではなくなった、ということなのでしょう」

「そうなのね……」

「主人様《あるじ》は、出来ればその者とも話し合いでどうにかしたいようですが、仲間が傷付けられた種族の長《おさ》からすれば、簡単に許したくないようです……」

仁公が罪のない妖《あやかし》たちに怪我をさせたのは事実だ。しかし仁公も家族を妖《あやかし》に殺されたと言っていた。どちらにも言い分があり、最悪、人間と妖《あやかし》が争い合うきっかけになってしまいそうで恐ろしかった。自分としては、篠崎の言うように話し合いで解決してほしいと思うが、そう簡単にはいかないのかもしれない。

「うーうー」

私がしょんぼりした顔をしたからだろうか、蓮が小さな手を伸ばして、私の頬を撫でた。こんなに小さくても慰《なぐさ》めようとしているらしい。優しい子だ。

「蓮、ありがとう」

私がそう言うと、蓮はニコッと愛らしい笑みを浮かべた。

玄湖も優しく微笑んで私の肩を抱いてくれる。

私は大丈夫と言う代わりに頷いてみせた。

「では、お薬をお預かりして、我々小狐が各地の風邪を引いている妖《あやかし》に配りに参ります。これで風邪の流行も収まるでしょう」

これまで同様、蓮に協力してもらい、大量に作った薬を小狐に預けた。

「そういえば、この隠れ里にも仁公に襲われた妖《あやかし》はいるのかい？」

「ええ。狐と親交のある妖《あやかし》の方がいらっしゃっています。薬のおかげで風邪と怪我の両方が快癒《かいゆ》しましたよ」

「ふうん。もしかして、その方が来てから、小狐たちも風邪を引いたんじゃないか？」

「おや、よくご存じで。襲われて怪我をした方を療養させていたところ、ひどい高熱が出て、それからあっという間に我々にも移ってしまったんです。主人様《あるじ》が不在でしたので、薬は本当に助かりました」

玄湖はそれを聞いて顎《あご》を撫でた。

やはり、仁公に襲われた妖《あやかし》からこの風邪が広がっていると考えて間違いないようだ。

「うーん、ここまでくると偶然じゃなさそうだな」

「でも、いくら妖《あやかし》を退治する修行をしたと言っても、人間にそんなことが出来るようになりますか？」

「それなんだよねぇ。まあ、今ここで考えてもどうにもならないさ。とりあえず、広がってる風邪は蓮の薬で治るわけだし、後は妖《あやかし》の長《おさ》たちがどう判断するか待つしかないだろうね」

私は頷いた。

「蓮、ありがとうね。みんなが蓮に感謝してるわよ。とっても偉いわ」

蓮に頬擦りすると、蓮はキャッキャと愛らしい笑い声を上げた。

「蓮も疲れただろう。そろそろ帰って休ませてやろう」

「そうですね」

ミルクをあげたり、おむつを替えたりと、都度都度休憩は挟んでいたが、蓮はまだ幼いのだ。玄湖は蓮の状態を観察し、その上で妖力の量は問題ないと言っていたが、赤ちゃんは寝るのが仕事なのだから、ゆっくり休ませてあげたい。

「じゃあ、薬が足りなくなったら、いつでも連絡をおくれよ」

「はい。尾崎様、小春様、蓮様、誠にありがとうございました」

小狐たちに挨拶《あいさつ》をして、隠れ里の鳥居から松林の鳥居に戻った。

あちこち回って、私も少し疲れていたようだ。

松の香りにホッと肩の力が抜ける。

「今日は篠崎さんが不在でしたけど、また挨拶《あいさつ》しに行きましょう。きちんと蓮を紹介したいから」

「そ、そうだねえ。……怒られるのが怖いとか言ってる場合じゃないか」

「大丈夫ですよ。それに、篠崎さんも蓮を見たら、きっと可愛いと言ってくれますって！」

蓮が尾崎家に来て、そろそろ半月あまり。短い間に色々なことが起こり、大変な時もあったが、振り返ればあっという間にも感じる。

腕の中でニコニコ笑う蓮のことが可愛くてたまらない。いつか蓮の母親が迎えに来るかもしれないが、もし来なかったら、このまま尾崎家で育てても構わないと思っていた。

「う、あーやぁー。うー！　やーあー」

　松林を歩いていると、それまで機嫌がよかった蓮が急にぐずり始めた。

「どうしたの、蓮。もうすぐお家よ」

　蓮にそう話しかけたが、蓮は顔をくしゃくしゃに歪《ゆが》め、ジタバタと手足をばたつかせている。

「まーあ、んやーー！」

「あらあら」

「だぁやーあー！」

　あと少しで尾崎家の屋敷が見えてくるというところで、とうとう蓮が泣き始めた。

「おや、どうしたんだろう。おしっこではなさそうだけど」

　玄湖は足を止め、ぐずる蓮のお腹をこちょこちょとくすぐったりして、あやしたが、泣きやむ様子はない。

「うーん、眠いのかな。それとも暑いのかも」

「蓮、大丈夫よ。お家に帰ったらゆっくり寝られるわよ。団扇《うちわ》で扇《あお》いであげるからね」

　私は腕の中の蓮をゆらゆらと揺らした。しかし効果はない。顔を真っ赤にして、激しく泣いている。

「うう、あーッ！　やぁーッ！」

「今日のぐずり方はなんか違うね」

私も同感だった。時折、癇癪《かんしゃく》を起こしたような泣き方をしていたが、そういう泣き方とも違う。まるで警鐘《けいしょう》のような激しさがあった。

「そうですね。どうしましょう」

「とりあえず、急いで帰って――」

言いかけた玄湖が突然ハッと空を見上げた。

「え？　何かあります？」

私も玄湖に倣《なら》って顔を上に向けたが、特に何か変わったものは見えない。

「……いや、松林の結界に穴が空《あ》いた。嫌な予感がする」

玄湖はいつものへらっとした笑いを引っ込め、眉を寄せて言った。

「それって……」

「ああ、仁公かもしれない。小春さん、急ごう。いや、ちょっとごめんよ」

玄湖は、さっと私の体を横抱きにした。

「こっちの方が早い。蓮をしっかり抱えていておくれ！」

「は、はい」

私は火がついたように泣き叫んでいる蓮をギュッと抱きしめた。

玄湖が私と蓮を抱えて走り出す。しかし、万が一にも蓮を落とさないように、いつもほどの速度は出していない。そもそも松林の中は視界が悪く、道も細くて整備されていない。走るには不向きなのだ。

それでも私よりはかなり速く走り、やがて遠くに尾崎家の門が見えてきた。

あと少し——そう思ったところで、突然、玄湖の足が止まった。

「玄湖さん？」

「……遅かったか」

「あ、あの人は……！」

視線の先には、仁公が立ち塞がっていた。

玄湖は私をそっと下ろす。

「小春さん、仁公は私が引き付けるよ。合図をしたら、松林を抜けて屋敷に逃げ込むんだ」

「でも……」

私に出来ることは何もないのは分かっている。しかし、仁公はこれまで幾人もの妖《あやかし》を退治し、または怪我をさせてきたのだ。玄湖が強い狐と分かっていても、仁公に一人で立ち向かわせるのは恐ろしい。

「小春さん、どうか蓮を頼む」

「……はい」

玄湖にそう言われて頷いた。私だけならいざ知らず、蓮は一人では逃げられないのだ。とにかくこの子を安全な場所まで連れていかなければ。

仁公は左足を引きずりながら、こちらに向かってくる。

結袈裟《ゆいげさ》に篠懸《すずかけ》という修験者《しゅげんしゃ》のような服装はこの間と変わらない。手には金属製の錫杖《しゃくじょう》、首、両の手首と右足首に数珠《じゅず》や動物の牙を連《つら》ねたもの、目玉のような海外のお守りを幾重《いくえ》にも巻き付けている。それらのお守りが擦れ合い、じゃらじゃらと音が聞こえるほどの距離まで迫っていた。

「うっ……」

玄湖は眉を顰《ひそ》め、泣きやみかけていた蓮もイヤイヤしながらいっそう激しく泣いた。

「なんで襲われた妖《あやかし》がさっさと逃げなかったのか分かったよ。錫杖《しゃくじょう》とあの人がつけている大量のお守りのせいだ。あのじゃらじゃらした音が、妖《あやかし》の動きを鈍らせているみたいだね。小春さんはなんともないかい？」

「え、ええ。大丈夫です」

「よかった。なら、さっき話した通り、私が合図したら松林を抜けて逃げるんだよ。いいね？」

「で、でも、動きが鈍るんでしょう。玄湖さんは大丈夫なんですか？」

「これくらいならね。知ってるだろう、私はとっても強い狐なんだからさ」

近付いてきた仁公が、私の方を向く。

「そなたは……以前にも会った娘だな。なんと、やはり取り憑《つ》かれておったのか。すぐに解放してやろう」

仁公は私を睨《にら》み、そして玄湖に視線を向けた。

「貴様……狐の妖《あやかし》だな。それも相当の大物と見た」

「大物と言ってもらえて嬉しいが、私は平和主義でね。もちろん人を食ったりなんてしていない。見逃しちゃくれないか」

その飄々《ひょうひょう》とした言い方はいつも通りだが、声には真剣さが滲《にじ》んでいる。とりあえず対話を試みつつ、私たちを守るために警戒を緩めていないのが窺えた。

「否《いな》。某《それがし》は妖《あやかし》を憎む者、妖《あやかし》を退治する者。我が術により、この世から消え去るがいい、狐め！」

しかし仁公は玄湖の言葉に耳を貸さない。手にした錫杖《しゃくじょう》でドンッと地面を叩き、ジャランと金属が擦れ合う音が松林に響いた。

「……そうかい。どうあっても分かり合えないってことか」

玄湖はその音に不快そうに眉を顰《ひそ》めた。

「さあ、小春さん、行って」

玄湖は小声でそう言って、私の背を軽く押した。私はさっと横合いの松林に飛び込んだ。歩くよりは少し速い程度の小走りで、屋敷へと向かう。

松林は薄暗く、視界が悪い。おまけに松の枝があちこちから伸びていて、気を付けなければ枝に引っかかってしまう。足元にも層をなした松葉や松ぼっくりが落ちていて、下手をすれば蓮を抱えたまま転んでしまう可能性もあった。それを避けるため、速度より安全を優先せざるを得ない。

屋敷はもう見えているのに、なかなか前に進めない。もどかしいが、それでも少しずつは近付いている。

私と蓮がこの場にいるだけで玄湖の足手纏《まと》いになってしまうのだ。それを避けるために、私はとにかくここから離れなければならなかった。

慎重に松林を進んでいた私の背中に、突然、ドンッと何かが当たってよろめく。

「うっ！」

なんとか足を踏ん張り、手近の松の木にもたれかかる。振り返ると、矢尻のような形をした札が足元に落ちていた。

「これは……！」

かつて仁公が南天と檜扇に投げ付け、人形の姿に戻した時の札と同じもののように見える。

私はただの人間だから当たっても少し痛いという程度で済んだが、もし蓮に当たっていたら――

この札の矢尻が刺さった南天と檜扇がただの人形になり、床に崩れ落ちた時のガシャンという音を思い出し、ゾワッと総毛立った。

まさか人間の私や赤ん坊の蓮を狙うなんて。玄湖は大丈夫だろうか。そう思って玄湖の方を窺うと、その左足に何か黒い影が絡み付き、地面に倒れていた。その周囲にも、仁公の術らしき札や釘のようなものが落ちている。

「く、玄湖さん……！」

玄湖の姿に血の気が引き、足が止まった。そんな私に玄湖が叫ぶ。

「私は大丈夫だから、早く逃げろ！」

ハッと仁公の方を向くと、彼は軽快に走って私を追いかけてきた。ついさっきまで左足を引きずっていたはずなのに。

そしてまた札を矢尻のような形にして飛ばしてくる。私に、というよりも、胸に抱いた蓮を狙っているのは間違いない。

「どうして……っ！」

私は蓮を体全体で庇《かば》う。札が今度は腕にぶつかり、ズキンと痛みが走った。

どうして蓮を狙おうとするのか分からない。仁公とは少し話をしただけだが、口調は理性的で、叔母夫婦よりずっとまともそうに思えた。

牡丹のことも見逃してくれたし、いくら妖《あやかし》とはいえ、無抵抗な赤ん坊を狙うような人には到底思えなかったのに。

けれど、蓮が狙われているのは事実だ。

道で仁公が待ち構えているが、松林の中は足元が悪いからなのか、入ってこようとしない。それならこのまま松林を抜けて逃げた方がよさそうだ。

仁公は再び蓮を狙い、札を投げてきた。

しかし同時に、玄湖が左足に絡みつく黒い影を力尽くで振り払い、印を組むのが見えた。仁公が飛ばした札が明後日《あさって》の方向に飛んでいく。

玄湖が振り払った黒い影は、細い糸のようなもので仁公の左足に繋がっていた。それがスルスルと左足に戻り、すうっと消えていく。途端にまた左足を引きずり、歩みが遅くなった。今が仁公を振り切るチャンスかもしれない。

私は松林の中を懸命に駆け続ける。

松林を突っ切って、尾崎家の門前にようやく辿《たど》り着いた。

私と蓮を追いかけて、仁公が左足を引きずりながら迫ってくるのが見える。その後ろから、玄湖が仁公を捕まえようと追ってきていた。だが札や釘のようなものを投げ付けられて、足止めされている。

いつもなら気にならない門の開く速度が、やたらと遅く感じた。早く、早くと心の中で急《せ》かす。

人一人が通れるくらいの隙間が開くなり、私は門の中に体を捩《ね》じ込んだ。

しかし門はもう一つある。私は咄嗟《とっさ》に後ろを振り返った。

仁公の姿はまだ遠い。

これなら逃げ切れそうだ。

ホッと息を吐き、屋敷側の門を開けようとした瞬間——ドンッと背中を強く押されるような衝撃に襲われた。

「えっ⁉」

仁公はまだずっと後方にいる。しかし、さっき玄湖に絡み付いていた黒い影がここまで伸びてきて、私の背中を押したのだと気付いた。

「――う、さぎ……？」

黒い影には長い耳状のものが見え、ちょうど兎《うさぎ》のように見えた。

傾斜のある橋の上で大きく体勢を崩した私は、咄嗟《とっさ》に橋の低い欄干《らんかん》を掴んだ。けれど勢い余って、そのまま一回転するように私と蓮は川に向かって投げ出された。

なんとか片手で橋の欄干《らんかん》を掴み、もう片方の手で蓮を抱いている状態だ。

しかし私の腕力では、片手で橋の上に上がることは不可能だった。

この川は彼方《あちら》と此方《こちら》が混ざり合った危険な川。一度落ちて過去に飛ばされたことがあったが、玄湖のおかげで戻ってくることが出来た。でもあれは、あくまでも幸運が重なっただけ。次はどこに飛ばされるか、そして戻ってこられるかも分からない。

ゾッと血の気が引いた。

「うぁーん！」

蓮が泣いている。

「蓮、ごめん……ごめんね」

今すぐに大丈夫と背中を叩き、あやしたいのにそれが出来ない。

なんとか蓮だけでも橋の上に戻したいが、片手で全体重を支えているだけで精一杯の状態なのだ。

「小春さん！　蓮！」

玄湖が叫ぶのが聞こえた。その声からはまだ距離があるのが分かった。

もう少し耐えていれば。

しかし、片腕で自重を支え続けるのは厳しく、長く持ちそうにない。少しずつ欄干《らんかん》を掴む手が滑っていく。

「く、玄湖さ……」

大きい声を出そうとしただけで、体に力が入って滑る速度が上がる。ズルッと体がずり落ちて、ヒッと息を呑んだ。

「どうか……蓮だけでも……」

助けてと叫びたいが、その瞬間、川に落ちてしまいそうだった。

なんとか手すりを掴んでいる今も、少しずつ、少しずつ、手すりから離れそうになっていた。気持ちが焦るあまり、手のひらに汗をかいて、余計に滑りやすくなっている。爪を立てて必死にこらえようとするが、ギギ、と嫌な音を立てるだけ。

もう長くは持たない。せめて、と最後の力を振り絞り、片手で蓮を持ち上げた。ずっしりと重い蓮を持ち上げるのは容易なことではない。しかし、なんとしてでも蓮だけは助けたい。

「蓮……手すりを掴んで。貴方だけでも……」

壁を登るほどの握力がある蓮なら、玄湖が助けに来るまで手すりを掴んでいられるはずだ。

「うう｜」

蓮がなんとか手すりに小さな手をかけた。

「そう、そのまま」

そう言った瞬間、とうとう私の手は手すりから離れて、体が空中に投げ出された。落ちる——そう思った瞬間、バサバサッと鳥が羽ばたくような音が聞こえて、視界が陰った。ただ、私の手首を誰かがしっかりと掴んだ感触があった。見ると蓮も無事なようだ。

助けてくれた人の姿は逆光になっていて、よく見えない。

「く、玄湖、さん……じゃない」

初めは玄湖かと思ったが、違うようだ。

自分の手首を掴んでいる相手の手のひらは、玄湖よりずっと小さくて柔らかい。女性の手のようだった。しかし思いの外力が強く、軽々と私と蓮を引っ張り上げ、そのまま橋の上に下ろしてくれる。安心した私の足はガクガク震えていて、とてもじゃないが立っていられない。その場に座り込み、蓮をギュッと抱きしめた。よかった。蓮は無事だ。

さっきまで喉がひび割れるのではないかと思うくらい激しく泣いていた蓮は、今はきゃっきゃっと笑い、小さな手を真っ直ぐ伸ばしている。その手は私ではなく、私と蓮を助けてくれた相手に向けられていた。

「あ、貴方は——」

私はようやく顔を上げ、助けてくれた相手を見た。

瓜実顔《うりざねがお》に切れ長の目。透き通るような白い肌の女性だった。黒い着物の裾《すそ》だけが紅色に染められている。そして着物の袖《そで》の部分は黒い羽毛であった。羽毛はそのまま手の甲まで繋がって、腕と一体化しているようだ。着物のように見えるだけで、全身が羽毛なのかもしれない。頭髪も、よく見ると冠羽《かんむりばね》が髪のように見えているだけだった。どこからどう見ても妖《あやかし》であることは間違いない。

「あ、あの、助けてくれて、ありがとうございます」

彼女はクルルと鳥のように喉を鳴らすと、私の手を取って立たせてくれる。

その手のひらは柔らかく、女性らしい優しい手をしていた。

女性の目が、蓮に向いた。暗い色の瞳は何を考えているのか分からない。しかし、危険な感じはしない。チルルル、と優しい声を出した彼女に、蓮は小さな手を伸ばして目を輝かせている。

「あーだー！」

蓮が大きな声でそう言うと、彼女は返事をするかのように、再度チルルルと優しく鳴いた。

「……貴方は、もしかして」

言いかけた私を、彼女は制して門の外を指差した。

「あっ……玄湖さん！」

私は蓮を抱いたまま門の外に飛び出す。

目の前の道を玄湖が駆けてくるのが見えた。

縄でぐるぐるに巻いた仁公を脇に抱えている。

玄湖自身は赤茶色の髪がボサボサになっているが、歩いている様子からして怪我らしきものは見当たらない。

「小春さん！　よかった。無事かい？」

「ええ……黒い影に押されて川に落ちそうになったところを、この妖《あやかし》の方に助けてもらいました」

それを聞いたらしい仁公は、身動きが出来ないまま顔を歪《ゆが》めた。

「そ、そんなバカな……妖《あやかし》が人を助ける、など……」

そう呟く仁公に私は言った。

「本当です。妖《あやかし》といっても人に危害を加えず、人と共存しようとする妖《あやかし》だって、たくさんいます！」

「だ、だが……そいつは姑獲鳥《うぶめ》だろう。人の赤子を攫《さら》う、恐ろしい妖《あやかし》だ」

姑獲鳥と呼ばれた女性は、切れ長の瞳に怒気を漲《みなぎ》らせた。

「チガウ……ワタシ、人間には何もしてナイ」

彼女は辿々《たどたど》しい口調でそう言った。

「そう、彼女は言っているよ。確かに彼女は姑獲鳥だ。けど、必ずしも悪い妖《あやかし》とは限らない。人間だって、悪人も善人もいるだろう？　妖《あやかし》だって同じだ。悪人が一人いたからって、善人まで問答無用で殺そうとするのは、おかしいんじゃないか」

「だ、だが、某《それがし》は家族を、妖《あやかし》に殺されて……」

「だからと言って、無関係な妖《あやかし》まで退治するのはやり過ぎだ。私は人を襲わないし、襲ったこともない。だけど、貴方が襲った双子人形の付喪神《つくもがみ》は、私の大事な家族だ。これまで襲った鬼や他の妖《あやかし》にだって家族がいるんだ。家族を失ったのなら、私の気持ちも分かるだろう」

「いや、しかし……」

「貴方が家族を大切に思っていたように、私たちにも大切な家族や、守りたいものがあるんだ。それに、貴方は同じ人間の小春さんや、か弱い赤ん坊の蓮まで狙った。どちらも戦う力のない者だ。それに関しては、どんな理由があったとしても、許されることではない」

仁公はハッとして顔を上げ、私の方を向いた。腕の中の蓮を見て、ひどく怪訝《けげん》な顔をしている。

「赤ん坊……？　ほ、本当に赤ん坊だ……何故、某《それがし》は……」

呆然とそう呟いた。

まるで、今の今まで、蓮が赤ん坊と気付いていなかったようだ。距離があっても、見えないほど離れていたわけではないのに。

「玄湖さん、何か様子がおかしいです」

「うん、そうみたいだね。貴方には、赤ん坊に見えなかったのかな？」

「そ、そうだ。某《それがし》には……赤ん坊くらいの大きさの、悍《おぞ》ましい妖《あやかし》に見えた。彼女が妖《あやかし》に操られているのだと思い、助けなければと……」

玄湖は仁公をじっと見つめ、顎《あご》に手を当てている。

「ふむ、仁公さん。貴方は妖《あやかし》の力を取り込んで、自分の力として使うような妖術を身につけているかい？」

「そ、そんなことあるはずがない！　某《それがし》は妖《あやかし》を憎んでいるのだ。憎き妖《あやかし》の力を取り込むくらいならば、自ら死を選ぶ！」

「それなら、どうして妖《あやかし》の力を使ったんだ。黒い影――兎《うさぎ》のようにも見えたけど、仁公さんはその力を使って私を足止めしたり、小春さんを襲ったりしたじゃないか」

「……なんのことだ」

仁公は訝《いぶか》しげに眉を寄せた。

「何って、その左足のことさ。首、両手首、右の足首には重そうなくらい、護符やお守りの類《たぐい》をぶら下げているのに、黒い影の出入りする左足首にだけは何もつけていないのはどういうことだい」

「つけて……いない……？　そんなはずは――うぐッ」

そう呟いた途端、仁公は顔を歪《ゆが》めた。顔色が悪いのを通り越して蒼白になっている。

「つけていないことに気付いてない……そんなことってありますか？」

「……ふむ、でも嘘ではなさそうだ」

「コイツ、悪い人間。やっつけナイ？」

姑獲鳥が仁公を指差すが、玄湖は首を横に振った。

「いや、それではこの人と同じになってしまう。どこかで争いは終わらせないといけない」

姑獲鳥は納得がいかないらしく、薄い眉を顰《ひそ》めた。しかし上手く言葉に出来ないのか、腕の羽毛を膨らませてギャギャギャッと威嚇《いかく》するような声を上げた。

「姑獲鳥さん、すまないがここは堪《こら》えておくれ」

玄湖は怒る姑獲鳥を宥《なだ》めている。しかし理解してもらうのは難しそうだった。

その時、真っ青な顔でうずくまる仁公の左足から、黒い影がゆらりと動くのが見えた気がした。そして、それはじわりじわりと這《は》い出してくる。

「玄湖さん！　黒い影が！」

その兎《うさぎ》のような形をした黒い影が、尻尾《しっぽ》をシュッと鞭《むち》のように伸ばした。それは避ける間もなく、私の左足首にグルンと絡みつく。

その瞬間——体が一瞬にして氷のように冷たくなった。なのに頭だけが沸騰したように熱い。とてもじゃないが立っていられず、ずるずるとその場に座り込んだ。

私の名前を呼ぶ玄湖の声がひどく遠くに感じる。口の中がカラカラに乾いて、返事が出来ない。

腕に抱えている蓮が重くて、今にも落としてしまいそうだった。

「この子を——」

渾身《こんしん》の力を振り絞って蓮を差し出すと、誰かの手が受け取ってくれた。

それで本当に力を使い切った私は、重力のまま地面に倒れ込んだ。


——寒い。

寒くて寒くてたまらない。

まるで彼方《あちら》と此方《こちら》が混ざり合う、あの川に落ちた時のように寒かった。

いや、それ以上かもしれない。

寒いだけじゃなく体の節々が痛み、震えが止まらない。高熱が出ているようだ。

震えながら歯がガチガチとぶつかり合っている。

肺が痛くて、声が出せない。助けて、と誰かを呼ぶことも出来なかった。

ここはどこだろう。私は橋の上で倒れたはずだ。おそらく、不意を突かれて兎《うさぎ》のような黒い影に襲われ、なんらかの妖術をかけられたのだろう。

目が見えなくて、暗闇の中にいるみたいだった。

玄湖、蓮、姑獲鳥、仁公――誰もいないのだろうか。

そう思った時、ふと、何か別の音が聞こえるのに気付いた。

『――親父、お袋！　死なないでくれ！　一人にしないでくれ！　目を覚ましてくれよ！』

男の子の声だ。聞いているだけで胸が掻きむしられるような慟哭《どうこく》。

『誰か！　誰か家族を助けてくれ！　目を開けてくれ……親父……お袋……息をしてくれ、ミチ！』

ミチという名に私はハッとした。

それは、もしかして――

しかしその思考は、男の子の慟哭《どうこく》を嘲笑《あざわら》うかのようなゲタゲタという気味の悪い笑い声に邪魔された。

『妖《あやかし》が……親父を、お袋を……ミチを殺した……絶対に許さない……』

怒気を孕《はら》んだ声に、ゲタゲタと不気味な笑い声が混ざり合う。

だんだんと、慟哭《どうこく》よりも笑い声の方が大きくなった。いや、その笑い声の主が私の側にいるのだ。

——ヤマイジャ、ヤマイジャ。ヒロゲヨ、ヒロメヨ。ヒトモアヤカシモ。スベテ、シネ。

嫌！　来ないで！

そう強く思った瞬間、唇から温かいものが流れ込み、体の中にポッと温もりが生まれた。

途端に男の子の慟哭《どうこく》も気味の悪い笑い声も、ぷっつりと聞こえなくなった。

「——さん、小春さん、小春さんっ！」

ハッと目を開けると、私は玄湖に抱きかかえられていた。

「私……」

「あの黒い影に入り込まれそうになっていたんだ。蓮の薬を飲ませたからもう大丈夫。体は動くかい？」

口の中がほんのりと甘い。蓮の薬のおかげか、体の痛みもなく、熱も下がったようだ。

「え、ええ……」

起き上がると、苦もなく立ち上がることが出来た。むしろいつもより体が軽いくらいだ。

蓮を探すと、姑獲鳥が抱っこしていた。姑獲鳥の羽毛に包まれ、これまでに見たことがないくらい安らかな顔で眠っている。蓮だけではない。姑獲鳥も穏やかな顔をして、蓮を見つめていた。見ているだけで愛しいという気持ちが伝わってくるくらいに。

やっぱり、この二人は――

納得と共に、胸の中をすうっと冷たい風が通り抜けるような寂しさを覚えた。

「そ、そういえば、仁公と……あの黒い影は……」

ハッと我に返って振り返ると、さっきまでぐるぐる巻きにされていた仁公は解放され、その場に呆然と立ちすくんでいた。代わりに、兎《うさぎ》のようなものが縛られて足元に転がっている。両耳は長く兎《うさぎ》みたいな形をしているが、毛が抜けてピンクの地肌が見えており、皮膚があちこちボコボコと隆起している。目もぎょろりと飛び出し、白目は赤く濁《にご》っていた。見るからに悍《おぞ》ましい姿だった。

「こ、これは……妖《あやかし》ですか？」

「ああ。疫兎《えきと》という、疫病を広める妖《あやかし》だね。疫病を広めるとされる妖《あやかし》は幾つかいる。

虎狼狸《コロリ》、千年もぐら、そしてこの疫兎だ。瘴気《しょうき》を纏《まと》って、黒い影のように見えていた。こうして縛り上げて無力化させたら、この姿になったんだ」

疫兎は動けないのに、ガチガチと歯を噛み鳴らしている。ひどく凶暴そうだ。

「そして、この疫兎が仁公さんの左足の中にいたんだ。一種の寄生に近いだろう。おそらく私たちの隙を見て、宿主を仁公さんから小春さんに替えようとしたんじゃないかな」

それを聞いて、気絶していた間に見ていた夢を思い出し、ブルッと震えが走った。

「気絶していた時に、この疫兎のものらしい声が聞こえたんです。病を、妖《あやかし》にも人にも広めて、全て死ね……というようなことを言ってました」

「こ……こんな悍《おぞ》ましい妖《あやかし》が……某《それがし》の、中に」

仁公はショックを隠しきれない様子で、ふらふらしている。今にも倒れてしまいそうな顔色をしていた。

「仁公さんは左足を引きずっていた。でも今は動くはずだ。それもこいつのせいだろう。きっと左足首にだけお守りをつけていなかったのは、左足に隠れている疫兎にとってお守りが不快なものだからだろう」

「だ、だが、某《それがし》が足を引きずるようになったのは、ずっと昔のことだ。子供の頃にかかった病の後遺症とばかり……いや、この妖《あやかし》は病を広めると言ったな。で、では、まさか……某《それがし》の家族を殺したのは……この……」

仁公ははくはくと苦しげな息をして、その場に座り込んだ。

「おそらくは……。仁公さんの年齢から察するに、四十年ほど前に人の世で大流行した疫病のことだろう。それを広めたのは、きっとこの疫兎だ。仁公さんは体力があったのか、病に打ち勝ったのだろう。けれど、なんらかの理由で疫兎に寄生され、行動を操られたんだ。さながら寄生虫が宿主を操るかのようにね」

私の脳裏を過《よぎ》ったのは、子供の頃に聞いた父の言葉だ。ハリガネムシに寄生されたカマキリは、どういうわけか池などの水中に飛び込む。でも、カマキリは水に入ったら当然死ぬ。なのにそうするのは、ハリガネムシに操られているからだと亡き父が言っていたのを思い出す。

ハリガネムシに寄生されたカマキリのように、仁公は無意識に行動を疫兎に操られていたのかもしれない。そのことに、本人だけが気付いていなかった。

「仁公さんは寄生した疫兎に行動や思考を操られ、左足首にだけお守りをつけていないことに意識が向かなかったり、蓮が赤ん坊ではなく、悍《おぞ》ましい妖《あやかし》であるように見せられていたんだ」

「まさか、蓮を執拗《しつよう》に狙っていたのは、蓮が病に有効な薬を作り出せるから……？」

「うん。疫病の妖《あやかし》には、蓮こそが天敵だと気付いたんだろう。このところ妖《あやかし》に流行していた風邪は、この疫兎のせいだったんだ。仁公さんに襲われた妖《あやかし》から周囲に感染が広まっているみたいだった。怪我をして体が弱っていたのもあるだろうけど、疫兎の瘴気《しょうき》が原因じゃないかな」

「で、でも私や南天たちも一度は襲われました。それなのに私たちは大丈夫だったでしょう。それはどうしてなのかしら」

「もしかすると、仁公さんが妖《あやかし》を強く憎んでいたせいかもね。あの場には人間の小春さんがいた。だから、仁公さんは無意識に疫兎を制御して、小春さんを守ったのかもしれない。それに、蓮の力もあるかな。ずっと蓮に触れていた小春さんは、霊薬を飲んだのと近い効果を得ていたのかも。ま、全て想像でしかないし、仁公さんが守ってくれていたらいいと思っただけさ」

私はへたり込んで呆然としている仁公を見た。目が虚《うつ》ろで、今の話もろくに耳に入ってなさそうだ。それも無理はない。彼にとって、家族の仇《かたき》である一番憎い妖《あやかし》が、長い間自分の中にいたのだ。そのショックは計り知れないだろう。

「どうやらこいつは、仁公さんが倒した妖《あやかし》の妖力を吸っていたみたいなんだ。こんな小さな体にかなりの力を溜め込んでいる。もしかすると、そうやって溜め込んだ力を破裂させて、病を広げるつもりだったんじゃないかな。私の力ではこうして身動きを取れなくするので精一杯だ。それもあまり長くは持たない。そこで、仁公さんの力を貸してもらいたい。貴方の妖《あやかし》を退治する術を――」

言いかけた玄湖は、呆然としている仁公にようやく気付いた様子だった。

「ちょ、ちょっと、仁公さん！　しっかりしておくれよ！」

仁公の肩を揺するが、彼はうんともすんとも言わない。

「どうしよう……ショックが大き過ぎたんだ。このままじゃ、疫兎が逃げてしまうかもしれない」

疫兎はずっと歯を噛み鳴らしていたが、玄湖の言葉を聞いてギチギチと嫌な声で笑った。

「こいつ、あまり知性はないみたいだが、これくらいは理解出来るんだね。とにかく仁公さんを正気に戻さなきゃ」

「あ、あの、玄湖さん」

私はさっき倒れていた時に見た夢の内容を玄湖に話した。男の子の声が、両親とミチの名前を呼んでいたのを。

「ただの夢かもしれませんが、あの慟哭《どうこく》は本物としか思えませんでした」

私も、父が亡くなった時に同じ苦しみを味わった。あの男の子と同じくらい、胸が張り裂けそうに悲しかった。

あれは、私に寄生しようとしていた疫兎が、実際に聞いた声だったのかもしれない。

「つまり、仁公さんは——」

私は頷いた。

「——ササキアキラさん。おミチちゃんの、お兄さんのはずです」

「……ミ、チ……？」

呆然としていた仁公の唇が微《かす》かに動いた。ミチの名前に反応したようだ。

「そうだよ。仁公さん、貴方の本名は、ササキアキラさんに間違いないね？」

玄湖がそう聞くと、虚《うつ》ろだった彼の目に光が灯った。

「な、何故、その名前を……。確かに某《それがし》の本名は佐々木公《ささきあきら》だが。某《それがし》は何十年も前に出家し、その際に仁の文字をいただき、仁公と改名したのだ。一体、どこでその名前を聞いたのだ」

「貴方の妹さん、おミチちゃんからだよ」

「ば、馬鹿な！　ミチは死んだ。某《それがし》の腕の中で……動かなくなって……その左足から、悍《おぞ》ましい黒い影が出ていくのを見た。ミチは妖《あやかし》に殺されたのだ……！」

「仁公さん、聞いてください！　おミチちゃんは、生き残ったお兄さんが一人で寂しくないようにって、貴方の寿命が尽きるその時まで、神社で神使《しんし》となって待っているんです！」

「ミチが、某《それがし》を……？」

「そうだとも。おミチちゃんは何十年も待っていたし、これからも待ち続けるんだ。そうだ、いいものを貰っていたんだった。小春さん、仁公さんにあれを渡してもいいかい？」

「ええ、もちろん」

玄湖はゴソゴソと袂《たもと》を漁り、小さなお手玉を取り出した。擦り切れた臙脂《えんじ》色の縞《しま》の布地で出来たお手玉。白い糸でミチと刺繍《ししゅう》されている。お祭りの時にミチから貰ったお手玉だった。

「貴方にこれを差し上げよう。だから、どうか疫兎を退治するのを手伝っておくれ」

「これは……」

仁公は玄湖に差し出されたお手玉を、震える両手でそっと受け取った。

「ミチのお手玉……この布も覚えている。母の古い着物だ……母がミチのためにと夜なべして縫《ぬ》っていた」

仁公の落ち窪《くぼ》んだ目にみるみる涙が盛り上がる。

「信じてくれたかい？　おミチちゃんは、仁公さんが幸せに暮らして、そして胸を張っていい人生だったと満足して生涯を終えるのを、ずっと待っているんだよ」

「しかし、某《それがし》はとんでもないことをしてしまった。ミチに顔向けなど……」

「いいえ、仁公さん、貴方はやり過ぎてしまったけれど、妖《あやかし》から人々を守ろうとしていたのでしょう。おミチちゃんのような存在を作らないために、そして自分のような思いをさせないためにって。おミチちゃんに顔向け出来ないなんてことはありません」

「そうさ。疫兎に取り憑《つ》かれていたのは不可抗力だ。いや、見方を変えれば、長い間、疫兎を外に出さないようにしていたとも取れる。仁公さん、この先、疫兎による被害が出ないように、どうか協力してほしい」

お手玉の　ミチ　と刺繍《ししゅう》された文字を指でなぞっていた仁公が、不意に顔を上げた。

「――よかろう。某《それがし》は何をすればよい」

そしてすっと立ち上がった。眼差しに力が戻っている。

背筋を真っ直ぐに伸ばし、疫兎を睨《にら》んだ。

「仁公さんの札は仏教の形式かい？　あの札で妖力を吸い取ることが出来るみたいだが」

「某《それがし》は仏門にいた時期もあるが、妖《あやかし》退治で扱っている術はほぼ独学だ。これが役に立つだろうか」

仁公は懐《ふところ》から札を何枚か取り出した。びっちりと墨書きされた札だ。

「ああ、もちろんさ。疫兎は妖力を溜め込んでる。まずはその力を札で吸い取るんだ。後は蓮が作った薬を使う。あの薬が病を治すということは、病の妖《あやかし》にとっては毒になるはずさ。妖《あやかし》の天敵と、病の天敵。二人の力を合わせよう。それを狐の妖術で増幅させる。みんなで疫兎を退治しようじゃないか！」

「そうか……某《それがし》の力を、妖《あやかし》の術と合わせるのだな」

「構わないかい？」

「無論。疫兎を倒すためならば、なんでもしよう」

その返事に玄湖はニッと笑う。

「さすがだね。仕掛ける前に、一旦、疫兎を縛っている術を解かなければならない。その隙に、再び仁公さんの体に戻らないよう、あらかじめ左足にその札を巻き付けておいた方がいい」

仁公は玄湖に言われた通り、左足に札を巻き付ける。そして、私にも札を差し出した。

「これをしっかり持っていなさい。また狙われるかもしれない」

「はい。ありがとうございます」

私は仁公の札をしっかりと握った。

「蓮、いつもより高濃度の霊薬を作れるかい？」

「ん！　うー！」

蓮は玄湖の言うことを理解しているらしい。渡した瓶に光る液体を満たした。

「よし、これで準備は出来た。姑獲鳥さん、二人を頼むよ」

玄湖に向かって姑獲鳥はコクンと頷く。そして私に蓮を抱かせると、守るようにその前で仁王立ちした。

「前、出ちゃダメ」

「は、はい」

疫兎は危険を嗅ぎ取り、逃げようとしてギチギチ歯を鳴らしながら暴れている。

玄湖が疫兎の戒《いまし》めを解くや否《いな》や、逃げる間もなく仁公の札が疫兎に刺さり、札はドス黒い色に変色して地面に落ちた。それを何度も繰り返し、疫兎はどんどん縮んでいった。鼠《ねずみ》くらいの大きさになったところで、蓮の高濃度の霊薬をたっぷりとかけられる。

とうとう疫兎は泥のようにぐずぐずと崩れ、跡形もなく消えてしまった。

妖《あやかし》と人が協力し、恐ろしい疫病の妖《あやかし》、疫兎は退治されたのだった。

「ああ……終わったか……」

仁公が低い声でそう呟いた。目尻に涙が浮かんでいる。家族を失ってからの何十年もの長い苦しみが、ようやく終わったのだ。

姑獲鳥はケーンと高く鳴き、翼をバサバサと羽ばたかせた。涙も吹き飛びそうな涼やかな風が、松林を通り過ぎていく。

どんよりと空を覆っていた灰色の雲の隙間から、細い光がいく筋も差し込んできた。いつの間にか夕方になっていたらしく、灰色から淡い紫、そして橙《だいだい》の入り混じった光芒《こうぼう》が松林を幻想的に照らしている。

それを見た仁公は、落ち窪《くぼ》んだ目から、涙を一粒零した。それから姑獲鳥に向かって深々と頭を下げる。

「……怪我を負わせて、申し訳なかった」

「ウン。許シタ」

姑獲鳥は目を細め、クルルと喉を鳴らす。

「貴方がたにも、迷惑をかけてしまい、すまなかった」

仁公は、怪我をさせてしまった他の妖《あやかし》にも謝罪したいと言った。

「今更だと思うし、許してはもらえないだろう。謝罪はただの自己満足だと分かってはいるが……」

「うーん、分かったよ。ただ、全員は難しいと思うけど」

「それでも構わない。八つ裂きにしたいと言われたら受け入れよう」

「あんまり血生臭いのは好きじゃないんだけどなぁ。篠崎さん……狐の長《おさ》には私の方から貴方の意向を伝えよう」

「よろしく頼む」

仁公はすっかり憑《つ》き物が落ちたようなスッキリした顔をしていた。

「あの、おミチちゃんはこの近くの神社にいるんです。場所を教えますから、会いに行ってあげてください」

私は仁公に、ミチがこの近くの神社の神使《しんし》となって、仁公が寿命を迎えるその時まですっと待っている、と言っていたことを伝えた。

「妖《あやかし》が見えるのなら、きっと神使《しんし》になったおミチちゃんのことも見えるはずです」

死ぬ時なんて言わず、すぐにでも再会してほしい。きっとミチも喜ぶだろう。

「そうか……ミチが……。妹は優しい子だったからな」

仁公はどこか遠くを見つめ、唇にほんのわずかの笑みを刻む。

「だが、まずは謝罪を優先したい。某《それがし》はそうとも知らず、罪なき者を傷付けたのだ。このままではミチに合わせる顔がない。そちらから連絡があるまで身を清め、身辺の整理をしておこう。謝罪を済ませ、それでも命があった時、改めてミチに会いに行くことにするよ」

ミチの名前を出した時の彼は、仁公ではなく佐々木公であり、ミチの兄の顔をしていた。

仁公は玄湖に連絡先を伝え、左足を引きずることなく、帰っていったのだった。

七章

「さて、私たちも家に帰ろうか」

「そうですね」

尾崎家は目の前だ。

蓮もこれまでにないほど濃度の高い霊薬を作り出したせいか、疲れたようでずっと眠っている。私も体は霊薬のおかげで元気だけれど、立て続けに起こった出来事に、気持ちがすっかり疲弊《ひへい》していた。

「それで……」

玄湖は言葉を濁《にご》す。

その視線は姑獲鳥に向かっていた。

私は頷いて、姑獲鳥に声をかけた。

「姑獲鳥さん、尾崎家に上がっていきませんか」

「……デモ」

姑獲鳥は顔を曇らせる。

「蓮は、姑獲鳥さんの子供なんでしょう？」

私がそう言うと、姑獲鳥は目をぱちくりとさせた。どうして分かったのだ、と顔に書いてある。言葉はそれほど得意ではないようだが、彼女の気持ちは読み取りやすい。

「分かるわよ。貴方が抱いたら、蓮はとっても安らかな顔をしていたんだもの。貴方がお母さんだって、蓮はすぐに気付いていたわ」

「デモ……ワタシ……」

「怪我をして、どうにか蓮だけでも守ろうとして、尾崎家に置いていったのよね」

姑獲鳥はコクンと頷いた。

「騙《だま》して、ごめんナサイ」

「とりあえず家に入ろう。話はそれからだ」

玄湖がそう言って二重門に触れると、門は何事もなかったかのように、ゆっくりと開いていった。

「ああ……旦那様……！」

玄関に入ると、お重とお楽がヤキモキした様子で待っていた。牡丹も、そして南天と檜扇もいる。

「表で変な音がしたもんで随分心配したんですよ！」

「後ろの方は、一体どなたです？」

お重が姑獲鳥に視線を向けた。

「この方は姑獲鳥さん。蓮のお母さんよ」

「えーっ⁉」

私がそう言うと、お重たちは揃って目を丸くしたのだった。

「お重、お茶を入れてくれるかい。人数分頼むよ」

「は、はい！」

お重はバタバタと足音を立てて大慌てで厨《くりや》に駆け込んでいく。

「騒がしい家だが、上がっておくれ」

「ふふ、楽しい家。お邪魔シマス」

姑獲鳥は初めて頬を緩め、優しく微笑んだのだった。


玄湖が、仁公や疫兎など、今までに起きた一連の出来事をみんなに聞かせた。

「……それじゃあ、蓮は本当に旦那様の子じゃなかったって言うのかい？」

「ズット、騙《だま》してた。ゴメンナサイ」

姑獲鳥が語った話によると、蓮は姑獲鳥の実の子供というわけでもないようだった。

少し前の大雨で崖崩れがあったあたりに、姑獲鳥は住んでいたらしい。崖崩れに巻き込まれて巣が壊れてしまったが、崩れて露出した地層から卵が出てきたという。

姑獲鳥は、人の赤子を攫《さら》って育てようとするくらい母性の強い妖《あやかし》なのだそうだ。

そんな彼女が親のない卵を見つけ、我が子として育てようとしたのは想像に難くない。

「古い古い、石の卵。ワタシ、大事に温めた」

「ということは、蓮は鳥の妖《あやかし》なのかい？」

お重がそう聞くと、姑獲鳥はフルフルと首を横に振る。

「違う。この子、蛇《へび》の神様。トテモ古くて強い力持ってル。だから、イッパイ妖力注《そそ》ぎ込んでも、なかなか孵《ふ》化《か》しなかっタ」

玄湖はポンと手を打った。

「なるほど、蛇神か。でもあのあたりに神社なんてなかったはずだけど？」

「すごく深いトコロから出てきタ。知ってるヨリ、ずっとずっと、古い匂いがシタ」

「ふーむ、ということは相当古い神様だね。私が生まれるよりもずっと前、それどころか篠崎さんだって生まれているかどうかも分からない古代には、蛇《へび》はよく神様として崇《あが》められていたそうだ。蛇《へび》は脱皮を繰り返すことで永遠の命があると思われていたから、無病息災や疫病退散の祈願もされていた。蓮もそういう古代に祀《まつ》られていた神様の卵だったのかもしれない。だから霊薬が作れるんだろう」

蛇《へび》と聞いたが、腕の中にいる蓮はまったくそんな感じがしない。丸々として温かい。普通の赤ちゃんにしか見えないから不思議だ。

「しかし、崖崩れの場所はここからかなり離れているのに、どうしてこっちまでやってきたんだい？　失礼ながら、姑獲鳥さんは変化もそこまで上手くないし、このあたりは人間の集落にも近いから、危ないだろう」

「……ワタシの巣、壊れタ、デモ、卵も孵化《ふか》させたかった。ダカラ、別の場所に住もうと思っタ。移動してたら、あの人間に見つかっタ」

姑獲鳥は新しい巣を求めて移動している際、仁公に襲われて、ひどい怪我をしてしまったそうだ。

命からがら逃げた先に、偶然、妖《あやかし》の天敵の目撃情報から周辺の見回りをしていた玄湖を見つけ、こっそり鳥居間の移動に便乗したと話した。

この松林は玄湖の妖力に満ちていて、ここでなら安心して怪我から回復できるだろうと羽を休めることにした。彼女は姑獲鳥の本能で、どうしても卵を守りたいと思っていた。しかし、再び仁公の気配を感じ取った姑獲鳥は、次に襲われたら卵を守りきれないと恐ろしくなってしまったのだそうだ。

おそらく時期的に、由良の家に叔母夫婦が仁公を連れてきたあたりのことだろう。

「ソレデ、烏《からす》に頼んで狐の尻尾《しっぽ》の毛、採ってきて貰っタ」

「あっ、あの尻尾《しっぽ》の毛を抜いた烏《からす》は、姑獲鳥さんが頼んだのかい！　どうりで巣作りの時期でもないのに、おかしいと思ったよ」

「ゴメンナサイ」

玄湖はその時のことを思い出したように尻尾《しっぽ》の毛を撫でている。あまりにも痛そうな顔をしているので、私も手を伸ばして尻尾《しっぽ》を撫でてあげた。

「玄湖さんの尻尾《しっぽ》の毛はなんに使ったの？」

「ワタシ、全部の力振り絞って、この子孵化《ふか》させセタ。それから尻尾《しっぽ》の毛の力を使って、狐の姿をかぶせセタ。尾崎家当主の赤ちゃんのフリ、させるタメ」

うーうーと身を捩《よじ》る蓮の髪や尻尾《しっぽ》は、玄湖と同じ色である。しかしこれは、玄湖の尻尾《しっぽ》の毛を使って見た目を変えただけのようだ。

狐の子のように外見を装い、尾崎家の前に蓮を置いていった。強い狐である玄湖のいる尾崎家には結界も張ってある。そこは蓮にとって、この上なく安全な場所であるのは間違いなかった。

「ああ、だから狐の匂いがしたのね。お重やお楽が、蓮から狐の匂いがすると言っていたもの」

お重とお楽はちょっとばつが悪そうだ。しかし、見た目だけでなく、尻尾《しっぽ》の毛のおかげで匂いまで狐に擬態出来るなら、騙《だま》されたのも無理はない。むしろ、長く玄湖に仕えていて、その匂いをよく知っていたからこそ騙《だま》されたとも考えられる。

「蓮と、いい名前付けてもらっタ。蓮、こんなに大きくなって……ありがとうございマシタ」

姑獲鳥はそう礼を言った後、何度か言いにくそうに口を開いては閉じるを繰り返した。彼女はあまり表情が豊かではない。しかし、だからといって感情がないわけではないのだ。

きっと言いたいことがあるのだろう。息を吸って、吐いて、躊躇《ためら》って。でも言葉が喉の奥に引っかかって、上手く出てこないのだろう。

私たちは彼女の言葉をじっと待ち続けた。

ようやく決心がついたのか、姑獲鳥は言葉を絞り出した。

「……どうか、蓮を、このままここで育ててもらえマセンカ」

「姑獲鳥さん……貴方はそれでいいの？」

「ワタシ、弱い妖《あやかし》。今は住処《すみか》もナイ。この子を立派に育てるには、ここの方が……」

それは苦渋の決断だったのだろう。姑獲鳥の薄い眉はギュッと寄り、暗い色の瞳がジッと畳を見つめている。固く閉じた手のひらには、きっと爪が食い込んでいることだろう。

確かに、尾崎家でこのまま蓮を育てるのは可能だ。

私にとっても蓮は可愛い子供だし、面倒を見ている間にすっかり情が湧いてしまった。このままここで育てたいという気持ちは大きい。玄湖だってそうだろう。

横に座る玄湖をそっと窺うと、金色の瞳が私の腕の中の蓮に向けられていた。

私以外の尾崎家のみんなも、蓮をこのままここで育てたいに違いない。それだけ蓮は愛らしく、共に過ごした日々は素晴らしいものだった。

――けれど。

私は腕の中の蓮を見下ろした。蓮はふくふくとした小さな手を姑獲鳥に向けている。疲れて眠いだろうに、大きく目を見開いて、真っ直ぐに姑獲鳥を見つめている。

「あーだ！　あーだー！」

しかし姑獲鳥は、困った顔をして蓮を抱こうとしない。

「蓮、ダメ。サヨナラ……」

姑獲鳥の暗い色の瞳が水気を帯びて潤《うる》んでいる。

彼女の涙が零れるよりも先に、蓮がワーッと泣き出した。

姑獲鳥に手を伸ばしたまま、顔を真っ赤にして、喉が張り裂けんばかりに泣き叫ぶ。

蓮は姑獲鳥を呼んでいる。産みの母でなかろうと、蓮にとっての母は姑獲鳥だけなのだ。

私だけでなく、玄湖も、尾崎家のみんなも、それに気が付いていた。

お重とお楽は、母を呼んで泣く蓮につられたのか、溢れる涙を手拭いで拭っている。

姑獲鳥は激しく泣く蓮にオロオロしながらも、手を伸ばしてこない。

「――姑獲鳥さんっ！」

私は泣き叫ぶ蓮の声に負けないくらい大きな声を出した。

「蓮は貴方がいいって言ってるんです！　蓮のお母さんは、貴方だけなんですよ！」

蓮を押し付けるように姑獲鳥に渡すと、蓮は嘘のようにピタリと泣きやんだ。

顔は涙と鼻水と涎《よだれ》でぐちゃぐちゃだったが、姑獲鳥を見上げてニッコリ笑う。

「ほら、泣きやんだ。あーだ、って姑獲鳥さんのことを呼んでいたんだわ」

玄湖も優しい顔で頷いた。

「姑獲鳥さん、蓮はこの家でもあーだ、あーだってよく言っていたんだ。ずっと姑獲鳥さんに呼びかけていたんだね。ハイハイでそこら中を這《は》い回っていたのも、きっと姑獲鳥さんを探していたんだ」

今考えれば、蓮は何かを探すようにハイハイで動き回っていた。壁に登ったのも、飛ぶことが出来る姑獲鳥を、高いところから探そうとしていたのかもしれない。

「そういえば、蓮は鳥の妖《あやかし》の羽を仕込んだ団扇《うちわ》で煽《あお》ぐと、とても嬉しそうにしていたんです。暑いから涼しくなって喜んでいるのかしらと思っていたけど、きっと鳥の妖《あやかし》の羽から姑獲鳥さんのことを思い出していたんでしょうね」

姑獲鳥は蓮を蓮の葉で包み、雨に濡れないように大切にしていた。そんな無償の愛が蓮にも伝わっていたのだろう。

「ありがとうございマス……」

姑獲鳥は目をうるうるさせながらも、自分の目元ではなく、蓮の涙や涎《よだれ》を羽毛の袖《そで》で優しく拭いてあげていた。血の繋がりだけではない、本当の親子の絆《きずな》がそこにはあった。

「姑獲鳥さん、今日は泊まっていっておくれよ」

「ええ、ごちそうを作りますから」

「デモ……」

「それに、姑獲鳥さんと蓮の新しい住処《すみか》を今晩中に探しておくからさ。姑獲鳥さんの習性や蓮の神力のことを考えると、山深く、人の集落から離れた、土地に力のある場所がいいだろう。私たちは蓮の名付け親だからね。それくらいはさせておくれ」

そう提案する玄湖に、姑獲鳥はおずおずと頷いたのだった。

それから玄湖は、姑獲鳥と蓮の新しい住処《すみか》を探すために出かけていった。場所の目星は既についているようで、実際に住めるかどうかを見に行ったようだ。

夕飯には、人の食事に不慣れな姑獲鳥でも食べられそうな甘口のカレーを作った。箸《はし》が上手く使えないようなので、スプーンなら持ちやすいと思ったのだ。

蓮はさすがにまだ食べられないが、カレーの匂いに不思議そうに鼻をヒクヒクさせる様子が可愛くて、みんなが笑顔になる。

姑獲鳥もカレーを美味《おい》しいと言って、喉をクルクルと鳴らしていた。

お楽が布団を用意してくれたが、姑獲鳥は布団に横になることはせず、袖《そで》の羽毛で蓮を包み込んだ状態で、座ったまま眠っていた。その方が横になるより安心して眠れるとのことだった。姑獲鳥の習性は人より鳥に近いらしい。

そして、朝。

蓮とのお別れの時間になってしまった。

一晩とはなんて短いのだろうか。

お重とお楽は真っ赤な目を手拭いで何度も擦っている。玄湖の隠し子だと蓮を表立って可愛がることはしなかった二人だが、本当は可愛く思っていたのを、私はよく知っている。

「これ、弁当だよ。腹が減ったら食べておくれ」

お重は竹の皮に包んだおにぎりを姑獲鳥に渡した。

「楽からは布です。おむつに使ってください……」

姑獲鳥はペコリと頭を下げておにぎりと布を受け取った。

南天と檜扇は蓮のふくふくとした頬を撫で、手を振った。

「大きくなったらいっぱい遊んであげたかった」

「大きくなったら色んなこと教えてあげたかった」

牡丹は狐耳と尻尾《しっぽ》をへろっと下げ、しょんぼり顔だ。

「蓮、達者でな……牡丹は蓮のことを忘れぬ。蓮が壁に残した指の跡も、そのままにしておくからな」

蓮の小さな手で指を握られた牡丹の瞳に、涙が浮かんだ。

麦も悲しげにきゅーんと鳴いた。

「ミナサン、たくさん、蓮のため、ありがとうございマシタ」

「あーうー」

赤ん坊とはいえ、蓮もお別れが分かっているのか、尾崎家の一人一人の顔をじっと見てお別れを言ってくれた。

姑獲鳥は蓮をしっかりと抱え直す。

彼女の腕の中で蓮は安らいだ顔をしている。二人とも幸せそうだ。

「それじゃあ、姑獲鳥さん。新しい住処《すみか》に案内するよ。小春さんも一緒に行こう」

「はい……」

私たちは鳥居を抜け、やってきたのは深い森の中だった。今にも朽《く》ちそうな古いお社《やしろ》に、色が剥《は》げてやや傾いた鳥居が立っている。しかし、周囲の草は綺麗に刈り取られているし、まだ新しいお神酒《みき》が供えられていた。

「ここからもう少し森の奥に行くよ」

玄湖は私を横抱きにして、そこから更に数十分ほど歩いた。いや、歩くというよりは、飛び跳ねるというべきか。速度はそれほど速くないので目が回ることはなかったが、横抱きで運ばれるのはやっぱり恥ずかしい。けれど、とてもじゃないが私ではついていけそうにないほど足元が悪い。

姑獲鳥は低めに飛んでついてくる。蓮はといえば、姑獲鳥の胸元の羽毛をしっかり掴んでぶら下がっていた。蓮の物を掴んで離さない握力は、このために必要だったのだ。

しばらくして、玄湖が足を止めた。

「このあたりはどうだろう」

朝のはずなのにかなり薄暗い。木々が複雑な形に捩《ね》じれて生い茂っている。尾崎家周辺の松林ともまた異なり、人の手がまったく入っていない場所だと分かる。

あちこちにぐねぐねと曲がった大小の木々が生え、地面には大きな岩がゴロゴロと転がっている。地面は苔や草、そして木の根でボコボコと盛り上がっていて、道らしい道はない。

風が吹けばサワサワと木々が音を立て、どこからか水の音も聞こえてくる。時折どこからかカサッと音がするのは、小動物や虫がいるからだろうか。

日が射さず薄暗いせいだからか、それとも寒冷地だからなのか、尾崎家周辺の松林よりもかなり涼しい。緑の匂いも濃いというより、ひどく濃密に感じた。吹き抜ける風すら、どことなく違うのだ。

「……ここ、とてもいい場所」

姑獲鳥は森の中をキョロキョロと見渡してから、そう言った。

「そうだろう。ここは大きな山の麓《ふもと》にある樹海だ。人間の集落からはかなりの距離がある。さっきの神社には、たまに参拝する人間が来るけど、それくらいだね。神社より先は普通の人間は入ってこられない。入ると二度と戻れなくなるのを肌で感じるそうだから。ここなら姑獲鳥さんも安心して暮らせるだろう。土地も霊脈だから、蛇神である蓮の体にも心地いいはずだ」

蓮は姑獲鳥に抱かれ、ニコニコ微笑んでいる。その丸々とした体が、薄らと青白い光を帯びた。

「蓮が、光ってるわ！」

「うん、蓮も喜んでいるみたいだ。やっぱり蓮は神様なんだね」

髪や瞳も、玄湖と同じ色彩から少しずつ変化していた。赤茶色の髪は根元から白くなり、透明な金色の瞳も紅色に染まった。

「尻尾《しっぽ》の効果、切れタ」

「これが本当の蓮の姿なのね」

姑獲鳥はコクンと頷く。姑獲鳥の暗い色の瞳に、青白く輝く蓮が映っていた。

「姑獲鳥さん。もし、何か困ったことや、入り用なものがあれば、さっきの神社に手紙を託しておくれ。葉っぱで構わないからね。近況ももちろん大歓迎さ」

「重ね重ね、ありがとうございマシタ」

姑獲鳥はここを新しい住処《すみか》にすることに決めたようだ。

それはつまり、これで本当に蓮とお別れするということだった。

「……蓮」

直視すると涙が零れてしまいそうで、玄湖が蓮にお別れを言うのを、私は目を逸らして聞いていた。

「小春さん、蓮にお別れを」

頷こうとして、ポロッと涙が一粒落ちた。それを皮切りに、涙がひっきりなしに溢れてくる。頭の中には蓮との思い出がくるくると、回《まわ》り灯籠《どうろう》のように回転している。温かな重みや、柔らかな頬、ミルクの匂い、喜んだ時の甲高い声に、頭に響く泣き声すらも、今思えば全てが愛しい。

「ご、めん、なさい……！　笑顔で、お別れ、したかった、のに……！」

涙が止まらず、しゃくり上げながら途切れ途切れに声を絞り出す。

「小春、サン……」

不意に姑獲鳥が近寄り、私を蓮ごとその羽毛でスッポリと覆った。

「いい子、いい子」

温かな羽毛で包み込まれ、背中を優しく撫でられる。その手はあまりにも柔らかく、温かだった。もう大人なのに、かつて母に抱かれた時のように心が安らぎ、いつの間にか私の涙は止まっていた。

ふんわりとした羽毛から解放されると、姑獲鳥は私の顔の前に蓮を差し出した。

「ううー！　こぉはーゆ、しゅーき、ありゃーと！」

蓮はそう言って、私の頬にプニプニの頬を押し当てた。

「蓮、小春サン、好き、ありがとうッテ、言ってる」

「わ、私も、蓮のこと大好きよ！」

「私タチ、もう二度と会えない、違う。また、来て」

「い、いいの……？」

「うん。二人は蓮の名付け親。蓮の大事な人は、ワタシにとっても大事な人」

私は頷く。

「あ、ありがとう……」

「そうだね。名付け親として、たまに様子を見に来るよ。もちろん、姑獲鳥さんと蓮も尾崎家に遊びに来ておくれ」

玄湖は優しい目をして、私の背中にそっと手を当てた。

「うん、美味《おい》しいものをたくさん用意するわ！」

散々流したからか、今度の涙は耐えられた。泣き顔ではなく、笑顔を向ける。

「小春サン。本当の赤ちゃん、出来たら、見せて。姑獲鳥の祝福あげルル。安産の力、

「あるカラ」

「それは助かるよ。そのうちお世話になるだろうから。ね、小春さん」

そんなことを言われ、今度は頬が熱くなる。やっとのことで頷くと、玄湖も、そして姑獲鳥と蓮までもがニコニコと笑っていた。

「それじゃあ、帰ろうか。蓮、姑獲鳥さん、元気で」

「さようなら、蓮、姑獲鳥さん。……またね！」

「うー！」

姑獲鳥に抱かれた蓮をしっかり目に焼き付け、私と玄湖は深い森を引き返した。

帰り道には、堪《こら》えていた涙が復活してしまい、玄湖に横抱きにされたまま、玄湖の着物の胸元をびしょびしょに濡らしてしまった。そんな私に玄湖は優しい目を向けて、何も言わず、涙が止まるまで寄り添っていてくれた。

松林を抜け、尾崎家の二つ門が見えてくる。

そこから、尾崎家の家族がこちらに向かって飛び出してきた。

「小春と玄湖、帰ってきたよ！」

「小春、おかえり！　あと、ついでに玄湖も！」

「旦那様、小春奥様、おかえりなさいませ」

「小春ー！　主人様《あるじ》！　おかえりなさい！」

南天と檜扇は私に飛び付き、左右からぎゅうっと抱きしめてきた。玄湖には牡丹が飛び付いている。

お重とお楽も、優しく微笑んでいた。

麦はといえば、何故かおくるみに包まれてお楽に抱かれていた。しかも得意げな顔で。

「きゅうん！」

「ふふ、麦ったら！」

「あはは、赤ちゃんみたいじゃないか。お楽に遊ばれたんだね！」

私と玄湖は、そんな麦にお腹を抱えて笑ってしまった。

そして、うっかり言い忘れていた一言を思い出す。

玄湖と目を見交わしてから、声を揃えて言った。

「みんな、ただいま！」

蝉《せみ》が鳴いている。

いつの間にか梅雨《つゆ》が明け、夏本番になっていた。

日中は暑く、鳥の妖《あやかし》の羽を使った団扇《うちわ》がないと汗が止まらないが、夕方になるにつれ、少しずつ風が涼しくなっていく。

縁側に座って空の色が変わっていくのを眺めながら、松林を抜ける涼しい風を浴びる。風が松林を揺らす音が、ふと姑獲鳥の羽ばたきに聞こえたが、ただの空耳だった。

あれから姑獲鳥は、たまに近況を葉っぱに書いて、あのお社《やしろ》に置いてくれるようになった。お社《やしろ》の神様から時々転送されてくる。

蓮は元気で、木の枝に掴まりながらであれば少し歩けるようになったそうだ。もう姑獲鳥を探す必要がないせいか、成長速度は緩やかになりながらも、しっかり育っているらしい。それでいて、夜はまだ抱っこで寝ることをやめないらしい。まだまだ巣立ちには時間がかかるだろう、とのことだ。

寂しい気持ちはまだ心の中に居座っていたが、同じくらい、蓮が今幸せでいることが嬉しい。

疫兎が広めた妖《あやかし》の風邪も、蓮の霊薬のおかげで終息した。紫たちや鬼の一族、隠れ里の小狐に、信田たちも、みんな元気な様子だ。

あれから、玄湖と篠崎が方々に手を回して、仁公は怪我を負わせてしまった妖《あやかし》に謝罪をして回った。さすがに皆が皆、快《こころよ》く許すということはなく、剣呑《けんのん》な雰囲気になったこともあったそうだ。

仁公は詫びとして、妖《あやかし》を見る目を差し出すことになった。

仁公は生まれつき妖を見る目があった。妖《あやかし》を見たり、妖《あやかし》の変化を見破ったりすることが出来る体質だったのだろう、と玄湖は言っていた。そういう体質を、見鬼《けんき》の才とか、見鬼《けんき》の目を持つと呼ぶのだそうだ。

仁公がたくさんの罪のない妖《あやかし》を傷付けた代償は、その見鬼《けんき》の目を差し出すことだった。通常の視力には問題ないそうだが、彼はもう、妖《あやかし》を見ることは出来ない。玄湖のことも普通の人間と見分けがつかないらしい。そして、神使《しんし》であるミチの姿も見えなくなった。

しかし、仁公は少しでも罪滅ぼしになるならと、躊躇《ためら》わずに受け入れたそうだ。見鬼《けんき》の目がなくなったことで、仁公はもう妖《あやかし》を退治することも出来なくなった。仲間を傷付けられて怒っていた妖《あやかし》の長《おさ》たちも、それでなんとか矛《ほこ》を収めたそうだ。

「じゃあ、仁公さんは妖《あやかし》を見ることが出来なくなってしまったんですか……？」

「うん。そういうことになる。でもね、それが仁公さんを守ることにもなるんだ」

「え？」

私は首を傾げた。そんな私に玄湖は説明をしてくれた。

「第一に、見鬼《けんき》の目は、仁公さんにとって武器みたいなものだ。それがなければ、今後妖《あやかし》を傷付けることは出来なくなる」

それは分かる。仁公の力は、妖《あやかし》からすれば脅威に感じるはずだ。

「第二に、仁公さんに傷付けられた妖《あやかし》はたくさんいる。姑獲鳥さんや鬼の一族など、一部の妖《あやかし》が許したからといって、許せないと思う妖《あやかし》もいるだろう。特に、身内や仲間が傷付けられた者からすればね。それに仁公さんのような妖《あやかし》の敵なら食っても構わないと考える悪どい妖《あやかし》も中にはいるかもしれない。だから、我々狐と鬼が『仁公から見鬼《けんき》の目を奪った』と公言することで仁公さんはけじめをつけたことになった。今後、彼に手出しをするとは、狐と鬼の面子《めんつ》を潰すことになってしまう。だから、仁公さんの無事も守れるというわけさ」

私は頷く。

「妖《あやかし》にも心がある。家族や身内を大切に思う気持ちもね。だから、今回の件ですぐに仁公さんを許せない妖《あやかし》もいるだろう。でも、時間を置けば冷静になるはずだよ。そうして少しずつでも、人間と妖《あやかし》が手を取り合っていくことは出来ると思うのさ」

「そうですね。私もそう思います」

お互いがお互いを受け入れる未来が、いずれ来るかもしれない。来てほしいと思う。

「――小春さん、こんなところに座っていたら、蚊に食われてしまうよ」

玄湖とのそんな会話を思い返してぼんやりしていると、当の玄湖が私の横に腰を下ろしてそう言った。

「大丈夫ですよ。蚊取り線香を焚《た》いてますから」

蚊取り線香から薄い煙がゆらゆらと立ち上り、空に消えていく。蚊取り線香の匂いを嗅ぐと夏だと感じる。その匂いは、どこか切ない。

「ねえ小春さん、少し涼しくなってきたし、散歩に行かないか？」

「いいですね」

「よーし、じゃあ行こう！」

玄湖が手を差し出し、私はその手に掴まって立ち上がった。

夕暮れ時の散歩は楽しい。

玄湖と手を繋ぎ、ゆっくりと歩く。

松林の外に出ると、どこかの家から夕飯を作る匂いが漂《ただよ》ってくる。野良猫が道を横切り、茂みの奥に去っていくのが見えた。烏《からす》がカアカアと鳴きながらねぐらに帰っていく。遠くからチリンチリンと風鈴の音が聞こえた。

「この時間のお散歩は気持ちいいですね」

「そうだねえ」

「そうだ、ちょっと神社に寄り道してもいいですか？」

「もちろん」

進路を変更し、神社に向かった。

お邪魔します、と頭の中で挨拶《あいさつ》をして、鳥居をくぐる。

お祭りの時とは違い、提灯《ちょうちん》もなく、屋台もない。

近所の子供が二人、境内《けいだい》を駆け回っている。そんな子供たちに暗くなるからそろそろ帰りなさい、と声をかけている人がいた。

「――仁公さん、こんばんは」

仁公は振り返り、私と玄湖にペコリと頭を下げた。

以前より少しふくよかになっただろうか。あれはほんの一ヶ月前のことだけれど、今は落ち窪《くぼ》んでいた目の周りや痩《こ》けた頬のあたりが健康的になってきている。もしかすると、表情のせいかもしれない。厳しそうに結ばれた唇は相変わらずだけれど、眉のあたりは力が抜けて、近所の面倒見のよさそうなおじさん、といった雰囲気だ。

「尾崎さん、小春さん、こんばんは。お散歩ですか？」

「ええ、少し涼しくなったものだから。仁公さんはお掃除中ですか？」

仁公の手には箒《ほうき》が握られている。

仁公は謝罪行脚《あんぎゃ》を終えた後、この神社の宮司さんに許可を貰い、掃除などの奉仕活動をしているそうだ。

服装も普通の着流しで、もう体のどこにもお守りの類《たぐい》はつけていない。

ふと、神社の隅にある木の陰に小さな子供の姿が見えた。

ミチだ。こちらに手を振っている。手には、私が以前あげたあのお人形を抱いていた。

「あ、あそこにおミチちゃんが」

「本当だ。元気そうだねえ」

「ミチが……どこですか？」

「あの木のところですよ」

仁公に尋ねられ、私はミチのいる場所を指で示した。

「あのあたりですか？」

仁公は優しく目を細める。

ミチの姿が見えていなくても、仁公は十分に幸せそうに見えた。

「いずれ、寿命が尽きた時にはまた会えるのです。……それまでに、立派に生きたとミチに伝えられるようにしなくては」

仁公の背筋は伸び、瞳は輝いている。

「仁公さんは立派だねえ。本当は少し心配していたんだけどさ、大丈夫そうだ」

玄湖の言葉に私は頷いた。

仁公に別れを告げ、松林の中を歩いて戻る。

ゆっくり散歩をしているうちに日が沈んで、薄暗い松林は余計に足元が見えにくい。

しかしなんの心配もない。玄湖が私の手を引いてくれるからだ。

玄湖の金色の瞳が私の方を向いている。その瞳は洋燈のように輝いていた。

いつだって私の心を照らしてくれる、優しい灯火《ともしび》。そんな玄湖の瞳と視線を合わせ、私は微笑んだ。

エピローグ

時は少し遡《さかのぼ》り、梅雨《つゆ》の頃。

外は雨ながら、玄湖が機嫌よさそうに鼻歌を歌っているのが聞こえてくる。物置状態になっている続きの間にいるようだ。

なんだか楽しそう。ちょっぴりいたずら心を持って、バレないようにそっと続きの間を覗く。玄湖は大きな長持に上半身を突っ込むようにしてガサゴソと何かを探していた。五本の尻尾《しっぽ》が長持からはみ出て揺れているのはちょっと面白い光景だ。

「探し物ですか？」

そう声をかけると、玄湖が長持から顔を上げた。

「おっと、バレちゃったか。ちょいと思い出したものがあってね」

長持を引っ掻き回してたせいか、髪の毛がくしゃくしゃになっている。

「まあ、玄湖さんったら、髪の毛がひどいことになってますよ」

玄湖は照れ笑いしながら、長持に再び顔を突っ込む。

「ちょっと待っておくれ。確かこの辺にあるはずなんだよ。……あった！」

目をキラキラさせている玄湖の手には平たい木箱があった。

飾り気のない白木の箱だ。

「それは？」

「小春さんに見せようと思ってさ」

玄湖はそう言いながらその木箱を持ってきた。

私はボサボサの頭を気にも留めない玄湖に代わって、赤茶色の髪を手櫛《てぐし》で撫で付ける。

玄湖はくすぐったそうに笑いながら箱を開けた。

箱の中は標本のように小さな枠で仕切られている。一つ一つの枠に綿が敷き詰められて、その上に水晶のような透明な石が置かれていた。

「もしかして、これ、宝石ですか？」

「うん。大体そうだよ」

玄湖は箱を手にどっかり座り込んだ。長くなりそうなのを悟って、私もその隣に座った。

「この中にあるのは、私が日本のあちこちで採取した宝石や輝石の類《たぐい》だよ。ここ数年は不真面目だったけどさ、うんと昔は篠崎さんのお使いであちこち回っていた時期もあったからね。遠くまで行ったら、お土産《みやげ》として持ち帰ってきたんだよ。すっかり忘れてたけど、ふと思い出してね」

玄湖は優しい笑みを私に向けた。

「ほら、小春さんはこの間のお祭りで、キラキラしたものに見惚れていただろう。綺麗な鱗《うろこ》や貝殻とかさ。だったら、こういうのも喜ぶかなと思って」

　玄湖はそう言いながら、箱から一つ手に取った。親指くらいの大きさの透き通った石だ。玄湖が外に向けて掲げると、ささやかな光を集めてキラッと輝く。

「これはただの水晶だけど、綺麗だろう？」

「ええ、素敵ですね」

　ところどころにざらっとした質感があるが、透明度が高く、磨けば美しく光ることだろう。想像しただけで楽しい。

「他にも色んな種類があるんだよ。これなんかは珊瑚《さんご》だよ。あんまり大きくないけど、真っ赤でいい色をしているんだ。それからこっちは黄玉《こうぎょく》。トパーズともいう石だ。とっても珍しいんだよ！」

　真っ赤な珊瑚《さんご》に、黄色い水晶のような石を見せられた。更に、大粒の真珠を取り出す。

「そして極めつけはこれ！　天然物の真珠だけど、綺麗な丸だし、しかも粒が大きくてね。照りも見事なんだ」

　確かに玄湖の言う通り、真珠の内側から輝くような光沢が感じられて素晴らしい。ほんのり薄紅色がかっていて、大粒ながら、どこか可愛らしさもあった。

「ええ、どれも綺麗ですねぇ。見せてくれてありがとうございます」

キラキラしたものを見るのは心が華やぐ。ここのところ、雨ばかりで退屈だったから尚のこと。まさに目の保養である。

私が喜んで石を眺めていると、玄湖もニコニコして、金色の瞳を、目の前の宝石に負けず劣らず輝かせている。

「他にも色んな原石があるんだよ。翡翠《ひすい》に、紫水晶、瑪瑙《めのう》に琥珀《こはく》。日本で採れる宝石の類《たぐい》は大体あるんじゃないかな？　当時の私はこういうのを集めるのが趣味だったんだ。幾つかは手放して本を買ったり、他の趣味の道具を買ったりしたんだけど、こうしてお気に入りのものは残していたんだ」

「まあ、玄湖さんらしいですね」

「それでね、小春さんは、この中で気に入った石はあるかい？」

玄湖はどことなく恥ずかしそうに頬を掻きながら言った。

「どれも素敵だと思いますけど……」

私は意図が分からず、首を傾げる。

「じ、実はね、この中の石を使って、小春さんに指輪を作ってプレゼントしたいって考えているんだ」

「えっ！」

玄湖を見つめると、ほんのり頬が赤くなっている。それを見た途端、私の胸がドキドキと音を立てた。

「砂金も集めていたのが結構溜まってるし、土台から作って、この中の石を嵌《は》め込んだ指輪を作ろうと思って……どうかな？」

玄湖は恥ずかしそうだ。

「ほら、この間、小春さんは私が描いた団扇《うちわ》の絵を喜んでくれただろう。それが嬉しくてさ……私はこれまで物を作る趣味は、ただの暇潰しだったんだけど、小春さんに喜んでもらえるものをもっと作りたいって、あの時心から思ったんだよ」

玄湖は私の左手をそっと握った。

「小春さんは掃除が好きだし、指輪は邪魔になってしまうかもしれないけど、この白くて可愛い手に似合う指輪をあげたいんだ」

そう囁《ささや》かれて、頬がカーッと熱くなった。

「う、嬉しいです……」

「よかった。それじゃあ、小春さんはどんな石が好きだい？」

しかしそれは難しい質問である。私は眉を寄せる。

「あまりどういう石が好きとか、考えたことがなくて」

宝石とは無縁の生活をしてきた。実家には帯留や櫛《くし》など、鼈甲《べっこう》や螺鈿《らでん》のものが少しあるだけで、本物の宝石なんて見たことがなかった。

その上、目の前の箱には綺麗な原石がたくさん入っている。目移りしてしまうし、高そうな品を触るのも躊躇《ためら》われて、なかなか手に取れない。

「じゃあ、綺麗だなと思ったものでいいよ。ちょっとでも気になった石はあるかい？」

「ええと……」

私はおっかなびっくり箱の中を眺めた。高いものだと思うと、いきなり触れることなど出来ない。

「ゆっくりでいいよ。ここにあるのが気に入らなかったら、少し時間はかかるけれど探してくるからさ」

その言葉に、私はぶるぶると首を横に振った。既にこんなにたくさんあるのだ。

「こ、ここにあるものから決めます！　これ以上あっても選べませんし、そ、それに……玄湖さんが宝石を探しに行くってことは、その間離れ離れになってしまうってことでしょう？」

私のために宝石を採りに行ってくれる気持ちは嬉しいが、それで離れ離れになるくらいなら、なるべく一緒にいたい。

「小春さん……」

玄湖は耳まで赤く染めながら、私を抱き寄せた。

くっついた玄湖の体温にドキドキする。プレゼントも嬉しいが、こうして玄湖が側にいてくれることが一番嬉しいのだから。

頬に口付けをされ、髪を撫でられる。外の雨の音と、二人の吐息しか聞こえない静かな時間。これこそが私にとっての宝物のような時間だった。

「でも、やっぱり指輪をあげたいな。小春さんは結婚指輪って知っているかい？」

「ええ、女学生の頃、結婚が決まった級友から見せてもらったことがあります。外国の文化だそうですね」

私は当時、その話を聞いて、憧れのようなものを感じたのだ。

「左手の薬指にするって、友人から教えてもらったんです。左手の薬指は心臓と……心と繋がっているから、指輪も左手薬指にするんだって」

それを聞いて素敵な話だと思ったのだ。私もそんな指輪をくれる人と結婚したいと、乙女らしい夢を思い描いたりもした。

「今回の指輪も結婚指輪として受け取ってほしいんだ」

玄湖に左手を握られ、スルッと薬指を撫でられる。ドキンと一際大きく心臓が跳ねた。

「……ね？」

「玄湖さん……」

ふと思い出したのは女学生時代の話だ。

ゆとりある家のお嬢様である級友たちとは違い、女学校に行くのがやっとの家の私には、そういう風に指輪をくれるような結婚相手は難しいだろうと思っていた。

でも、今の私にはこうして玄湖がいてくれる。玄湖は私の心の柔らかい部分に残されていた小さな望みを叶えようとしてくれるのだ。

「わ、分かりました。でも、私、石にはあまり詳しくなくて。それに、原石を見ただけだと完成後の想像も出来ないものですから、もしよければ石について教えてくれませんか？」

「そうだね。それなら、一つ一つ説明してあげるよ。ゆっくり宝石選びをしよう。今すぐに選ばなくても構わないからね」

「はい！」

玄湖は私の肩を抱き、一つ一つ原石を見せて、名前や色を説明してくれた。

「私が手作業で研磨して作るから、手が込んだカットは難しいかもしれないな。簡単なカットか、丸、楕円型あたりかな。大きめの石を選べば、それだけで立派な見た目の指輪になると思うよ。あとは真珠なら磨く必要もないし、そのまま土台に載せてしまうだけでも綺麗だね」

玄湖は大粒の真珠を手に取り、私の左手薬指に当てた。

「あ、いいねえ。小春さんの手にこの真珠の色合いはよく似合うよ。小春さんは色白だし、この真珠はほんのり薄紅の照りがあるから、肌によく馴染む」

「いいですね」

光沢のある真珠に、笑顔の玄湖が映っているのが見える。

「この真珠は、海の側に行った時、たくさん貝がある場所を見つけてね。その頃は、そこら辺一帯はまだ人が全然住んでいない場所だったんだ。その時、私はお腹が減っていて、食べるために貝を採ったんだけど、現地の妖《あやかし》に真珠が入っていることがあるから貝を噛む時は気を付けろ、って言われてさ」

そんな風に、それを見つけた時の由来も話してくれるのが楽しい。

「せっかくだから真珠を見つけたいしさ、たくさん貝を食べたけど、二、三個しか真珠はなかったんだ。真ん丸だったのはこれだけ。とっても綺麗だから持ち帰ったんだよ」

「この真珠、とても気に入りました」

じわりとした輝きは派手過ぎず、大きな真珠なので立派な指輪になるだろう。

「うん、小春さんにとても似合うからね！」

玄湖は私の薬指に真珠を当てて、ぶつぶつと何かを呟いている。

「土台は金で……縁飾りはどうしようかな。真珠だけ……うーん」

作る予定の指輪に思いを馳せている様子である。

「そうだ。他の石と真珠を組み合わせるのはどうかな。もっと色があった方がいいんじゃないかな」

「そうですか？　これだけ大きい粒ですし、真珠だけでも素敵だと思いますけど」

「いやあ、他にも石があるのに、一つだけじゃ味気ない気がしてさ」

玄湖は思い付いたように手をパチンと鳴らした。

「よし、一つ目の指輪は結婚指輪として、この真珠を使って作ろう。それで、これからも空《あ》いた時間に彫金や細工《さいく》の勉強をして、次は五年後、その次は十年後にまた指輪を作るよ！　それならどうだい？」

私はそれを聞いて目を丸くした。

「えっと、その、指輪はそんなにたくさんは……」

「何言ってるんだい。指は十本もあるじゃないか。足の指も入れたら二十本だよ。いくらあっても大丈夫だって」

「もう、玄湖さんったら。足の指にはつけませんってば！」

私はそう言いながらつい笑ってしまう。玄湖も同じようにクスクス笑った。

「あはは、歩きにくくなってしまうものね。でも、指輪なら何個あってもいいと思わないかい？　日によって変えればいいし、帯留と指輪を合わせてもいいしさ。たった一つだけなんて嫌だよ。小春さんには、これからもたっくさんあげたいんだから」

玄湖からの溢れるような愛を感じて、私は微笑む。

玄湖は私にものを与えたいのではなく、愛している証《あかし》を用意したいのだろう。それも、たくさん。その気持ちが嬉しい。

「ありがとうございます、玄湖さん。じゃあ、一つ目はこの真珠にします。五年後は玄湖さんがいいと思う宝石を指輪にしてくれませんか？」

「ああ、任せておいてくれ！」

五年後の自分なんて想像もつかない。その頃には玄湖との間に子供がいるかもしれない。そんな未来に思いを馳せた。

指輪を作るのは一朝一夕《いっちょういっせき》ではいかないらしく、私は真珠を再び箱に戻した。

「真珠は汗に弱いから、小春さんにプレゼントするのは涼しい秋になってからの方がいいかねえ」

「ええ、お任せします」

梅雨《つゆ》時なので、これからは暑くなる一方だ。制作期間としても、ちょうどいいかもしれない。

ふと、箱の中に玄湖が説明をしなかった石があるのに気付いた。

「あら、この石はなんでしたっけ？　鮮やかな緑色ですけど、翡翠《ひすい》でしょうか？」

コロンと丸っこい形をした白い石で、まるで着色したかのような鮮やかな緑色の層がところどころに見える。

「ああ、これは翡翠《ひすい》を探していて、間違えて拾ってしまったやつだね。翡翠《ひすい》も緑色の石で結構似ているんだけど」

そう言って翡翠《ひすい》の原石と並べる。

似ているけれど、翡翠《ひすい》の方がゴツゴツして見える。

「持ってみると分かるけど、同じような大きさでも翡翠《ひすい》の方が重いんだよ。それに翡《ひ》翠《すい》は硬玉とも言って、とても硬いんだ。でもこっちの石は軟玉、柔らかい石なんだよ。別名、狐石《きつねいし》と言ってね、私も狐だから面白くて、一つだけ取っておいたのさ」

と思う？」


「狐石……そう聞くと愛着が湧く気がします」

私は丸っこい狐石を指でツンと突いた。

「うんと昔は翡翠《ひすい》と狐石の区別が付かなかったこともあったらしいね。狐石も緑で綺麗な石だし、柔らかい分加工もしやすいそうだから。でも、どうして狐って付くんだと思う？」

私は首を横に振る。

「全然分かりません。翡翠《ひすい》と間違えやすいからですか？」

「ちょっと待っていて」

玄湖は狐石を手に縁側に出た。外は雨で、縁側も濡れているのに。

「こうして濡らすとね」

玄湖は狐石を雨に濡らした。

「ほら、こんな風に鮮やかになるのさ！」

見せてくれた石は、濡れたせいで艶々《つやつや》と輝き、鮮やかな緑が眩《まぶ》しいくらい美しい。

「わあ、すごく綺麗な石ですね。濡れると縞《しま》模様がくっきりして素敵です」

「だろう？　浜辺や川縁で石探しをしていると、こんなに鮮やかな石だからつい手に取ってしまう。でも、乾いたらそうでもなくなるから騙《だま》されたと思う、というわけで狐石なのさ」

「まあ……変化が上手な石なんですね」

私はついクスッと笑ってしまった。

「でも、余計に気に入っちゃいました！　面白いですね、狐石って」

そう言うと、玄湖は破顔する。

「だろう？　それじゃ、これも小春さんにあげるよ。柔らかい石だから加工も簡単だし。そうだな、帯留にしようか。狐石なら普段使いにいいだろう？　磨けば鮮やかな緑の石になるからね」

「嬉しいです！」

玄湖はすぐにその狐石を磨き上げ、裏に金具を取り付けて楕円形の帯留として仕上げてくれた。

鮮やかな緑に、白がまだらの模様を描いている。私の目には翡翠《ひすい》と変わらないくらい綺麗に見えた。

「柔らかい石だから、前に揃えた研磨道具で簡単に出来たよ。その分、傷が付きやすいかもしれないね。傷が出来たら磨き直すから、言っておくれ」

「ありがとうございます、玄湖さん！」

私がそう言うと、玄湖は頬を緩ませる。

「小春さんに喜んでもらえて嬉しいよ」

私は狐石の帯留を手に、玄湖に寄り添った。


暑い時期はすぐに過ぎ去り、虫の音が静かに響く季節になった。

私は玄湖と縁側に並んで座り、少しずつ橙《だいだい》に染まる空を眺めている。居間の方からは南天たちの賑《にぎ》やかな声が聞こえ、お重の作る夕餉《ゆうげ》の匂いがわずかに漂《ただよ》ってくる。

「小春さん、寒くないかい？」

「ええ、大丈夫です」

玄湖が私の肩を抱き寄せて、触れ合った部分から熱がじわじわと生じていく。

ふと空を見上げれば、黄昏《たそがれ》の空にあっても明るい輝きが見えた。

「あ、玄湖さん。一番星ですよ」

そう言って、指差そうとした左手を玄湖の温かな手で握られた。

すぐに手は離れたが、私の左手の薬指に一番星とは違う、柔らかい輝きがあった。

金色の指輪に、じんわりとした照りが美しい大粒の真珠が載っている。それは梅雨《つゆ》の頃に約束した結婚指輪だった。

まるで手妻《てづま》のような玄湖の手際に、私は目を丸くしてしまった。

「ふふ、小春さんは、驚く顔も可愛いねえ」

玄湖はイタズラっぽい笑顔を見せた。

「指輪の大きさはちょうどよさそうだね」

瞬《まばた》きの間に、薬指に嵌《は》められた指輪は玄湖の手の中に戻っていた。

「じゃあ、改めて――」

玄湖は真珠の指輪を手に、私に向き直った。

優しく垂れた目は真剣である。

「小春さん、私と結婚してください」

「はい、もちろん！」

もう玄湖の花嫁だったけれど、改めてそう言葉にしてくれた玄湖の気持ちが嬉しい。

玄湖は微笑み、私の左手の薬指に、真珠の指輪をそっと嵌《は》めた。

「うん、よく似合う。小春さんの手は可愛いな」

そう言いながら手の甲を撫でられる。手も、それから胸もくすぐったい。

「ふふ、ありがとうございます」

「約束した通り、これからも節目に小春さんの手に似合う指輪を贈るよ。五年、十年、三十年……いやいや五十年先でもね！」

「でも、何十年か後には、私の手はしわしわのお婆ちゃんの手になってますよ」

「何言ってるんだい。私にとって小春さんの手は何十年経っても可愛くて、愛しい手なんだよ。手だけじゃない。小春さん丸ごとが愛しい。ずっとずっと、大好きだよ、私の花嫁さん」

抱き寄せられて、額にコツンと玄湖の額が当てられる。玄湖の瞳は満月のような金色に輝いていた。

「私も、大好きで……」

言い切らないうちに、玄湖に口付けられていた。柔らかな唇の感触を受け入れ、目を閉じる。

唇が離れてから、私は頬を膨らませた。

「もう、大好きです、くらいちゃんと言わせてください！」

そう言いながら、今度は私から玄湖の腕にぎゅうっと抱きついた。

「ごめんごめん。あんまりにも小春さんが可愛いから。それからね、ちゃんとした祝言をしたいと思っているんだけど、いいかな？」

「祝言ですか？」

私はその言葉に目を瞬《またた》かせた。

「最初は半ば無理矢理連れてきて小春さんを身代わりの花嫁にしてしまったからさ……結局ちゃんとした祝言も挙げてないし」

「その気持ちだけで嬉しいですよ」

「私がしたいだけなのさ。この指輪を渡す時、改めてそう言おうと思っていたんだ」

玄湖は照れくさそうにそう言った。

気持ちを通い合わせた頃には既に一緒に住んでいたので、お重が作ったご馳走を食べて身内で祝うくらいで、わざわざ祝言は挙げなかったのだ。

それでも、機会があるなら白無垢《しろむく》を着てみたい気持ちはあった。

「小春さんの花嫁姿もきっと綺麗だろうなぁ。白無垢《しろむく》がとても似合うと思うんだ。妖《あやかし》も人もたくさん呼んで盛大にしよう」

私が頷くと、玄湖は私の小指に小指を絡めて微笑んだ。

それから半月ほどで玄湖は花嫁衣装を用意し、婚礼の儀をするから参加してくれとあちこちに声をかけて準備を整えてくれたのだった。

――そして、祝言当日。

私は白無垢《しろむく》を纏《まと》い、実家の由良家に戻ってきていた。

生前の両親には花嫁姿を見せることは叶わなかったけれど、せめて位牌《いはい》に手を合わせ、花嫁姿で由良家から嫁ぎたいと思ったのだ。

「父さん、母さん、私は今、とても幸せにしています。全部、玄湖さんのおかげなんです。これからも玄湖さんや、尾崎家のみんなと幸せに暮らします！」

私は両親の位牌《いはい》に手を合わせ、頭を下げた。

「小春さん、もういいのかい？ まだ時間はあるよ」

隣で待っていた玄湖に、私は微笑んだ。

「ええ。また由良家には掃除に来ますし、両親への感謝の気持ちは、前に川に落ちた時に伝えられましたから。今日は、この晴れ姿を見てもらいたかっただけなんです」

玄湖が用意してくれた白無垢《しろむく》は素晴らしい手触りで、日の光に照らされて眩《まばゆ》く輝いている。

「それじゃ、次は私の番だ。小春さんのお父様、お母様。小春さんをこれからもずっと大切にすると誓います」

玄湖もそう言って、両親の位牌《いはい》に手を合わせた。

「きっと両親も喜んでいると思います」

松林を歩いて、せっかくの白無垢《しろむく》を汚してしまわぬよう、由良家までの往復は玄湖が横抱きで運んでくれた。

「……そういえば、玄湖さんに初めて会ったのも秋でしたね」

しかし、私がかつて松林に入って狐の嫁入りを邪魔してしまったあの黄昏《たそがれ》時と違い、今は日中である。あの時のように天気雨も降っていない、鮮やかな晴天。そろそろ寒い風が吹いてもおかしくない秋だが、黒い松林も太陽に照らされて木漏れ日が光り、まるで春のようにポカポカしている。

「そろそろ一年かぁ。小春さんが来てからというもの、あっという間だった気もするけれど、私がこれまで生きていた数百年より、うんと濃密だったよ」

私も頷く。

本当に色んなことがあった。怖いことも、悲しいことも。しかし、それ以上にたくさんの出会いや喜びがあったことは間違いなかった。

尾崎家に戻ってきて、玄湖は私の髪や化粧を直してくれた。そして仕上げにふんわりと綿帽子をかぶせてくれる。

「うん。私の花嫁さんは世界で一番綺麗だ」

垂れ気味の金色の目がますます垂れて、蕩《とろ》けそうな笑みを浮かべている。

「私の花婿さんも、世界で一番素敵ですよ」

紋付袴《もんつきはかま》の玄湖はとても立派で、赤茶色の髪にも乱れはない——と、思いきや、松林で私を抱えて走ったせいか、立派な五本の尻尾《しっぽ》の毛が少々乱れている。

「でも、尻尾《しっぽ》の毛並みは直さないといけませんね」

私は櫛《くし》を取り出して、いつもやっているように玄湖の尻尾《しっぽ》を梳《と》かして整えた。

艶々《つやつや》の見事な尻尾《しっぽ》に仕上がり、満足感で息を吐いた。

「出来ました！」

「ありがとう。さてと、そろそろ時間だね。玄関の方から賑《にぎ》やかな声が聞こえてくるし、お客さんもたくさん来ているよ」

「はい」

耳を澄ますと微《かす》かに声や足音が聞こえてくる。

お重やお楽だけでは調理や配膳が間に合わないらしく、篠崎の小狐がたくさん手伝ってくれていると聞いた。いつも賑《にぎ》やかな尾崎家が、いっそう賑《にぎ》やかで、胸が温かくなる。

「さあ、行こう」

私は玄湖に手を引かれ、廊下を歩き始めた。

屋敷神《やしきがみ》の牡丹が、結婚式のために屋敷内を動かして、立派な広間を用意してくれたのだ。

「尾崎様、こちらの襖《ふすま》からどうぞ」

案内の小狐が襖《ふすま》を開け、二人で広間に入った。

金に鶴亀など吉祥《きっしょう》柄の襖《ふすま》に、絢爛《けんらん》な絵柄の屏風《びょうぶ》まで用意されている。

屏風《びょうぶ》の前が、新郎新婦、つまり私たちの席である。

そこに座ると、たくさんの招待客が呼ばれているのが見えた。左右に分かれてずらりと並び、その前には箱膳やお酒が置かれている。

篠崎に信田など、親族の狐や玄湖の友人の妖《あやかし》たち。箒木の一家もいる。玄湖の友人の司波に至っては、既にお酒を飲んでいるのか赤ら顔だ。

それから紫に瑰、皐月姫の鬼の一家。更に幼馴染《おさななじみ》の山内《やまうち》とその婚約者である鈴子《すずこ》の姿もある。驚くことにお静さんの一家や近所に住む人まで来ていた。みんな晴れ着で、にこやかに談笑している。

彼らの隣には仁公もいて、お静さんの旦那さんと楽しげに話している。和解が済んでいるため、妖《あやかし》の招待客も仁公に意識を向けてはいない。

「く、玄湖さん。お静さんたちも呼んでくれたんですね。でも……いいんですか？」

私は小声でそう尋ねた。

「もちろん。結婚式なんだから、小春さんがお世話になった人たちも呼ばなきゃね。それに今日は狐の親族たちが頑張って、この松林を丸ごと包み込むような大掛かりな術をかけてくれたんだ。この中に入った人間には、妖《あやかし》が普通の人間の姿に見えているはずだよ」

「まあ！　それならよかったです」

「でも、八重ちゃんには見えてしまっているみたいだけど、怖がっていないから大丈夫だろう」

お静さんの脇にいる八重ちゃんは、狐の親族など、妖《あやかし》を指差してはきゃらきゃらと笑い声を立てている。楽しそうに笑っているのでお静さんも心配していないようだ。

お静さんたちは、周囲の妖《あやかし》とも楽しそうに話している。

気付いていないとはいえ、妖《あやかし》と人間が楽しそうに話し、酒を酌《く》み交《か》わしている光景に、私は胸の中がじんわりと温かくなり、涙が込み上げてきた。

「おやおや、まだ泣くのは早いよ」

玄湖はそう言って私の涙を拭ってくれた。

「それに、そろそろ来る頃じゃないかな？」

「え？」

遠くからバサバサッと羽ばたきの音が聞こえた。

「この音は――」

「ゴメンナサイ、遅くなりましタ」

「うー！　こぉはゆー！」

姑獲鳥と蓮が、小狐に案内されて駆け込んでくる。

姑獲鳥に抱かれた蓮が小さな手をバタバタさせているのが見えた。

「姑獲鳥さん！　蓮！」

席の前にすぐさま箱膳が用意される。

「二人とも、来てくれたのね……！」

姑獲鳥はこっくりと頷く。表情は豊かではないけれど、姑獲鳥の暗い色の瞳を覗き込むと優しい色をしていて、心から祝ってくれているのが分かった。

「おめでとうございマス」

「おめぇと！」

蓮は舌足らずながら、祝いの言葉をくれた。

「こんなに喋《しゃべ》れるようになったのね！」

「蓮、小春サンと話したい、みたい。たくさん練習した。ワタシも、今日のため、箸《はし》、使えるようになっタ」

「ありがとう……蓮。姑獲鳥さんも」

「二人とも、遠くからよく来てくれたねえ」

玄湖が微笑んでいる。

「二人を、お祝い、したかっタ。蓮も、そう言う」

「ん！」

蓮の小さな手に指を握られ、胸がいっぱいになる。蓮の色彩はもう白い髪に赤い目で、玄湖の色とそっくりだった頃とは全然違う。けれど、蓮は蓮である。

「こはゆ、しゅき！」

「あら、嬉しい」

「おや、ライバルは困るなぁ。小春さんはもう私の花嫁さんだからね」

玄湖がそう言い、姑獲鳥も唇に微笑みを浮かべていた。

招待客が全て揃い、玄湖と私の祝言が始まった。

神前式ではないけれど、形だけでもと三献の儀を行う。

小狐が大中小の三つの盃《さかずき》を運んできて、お神酒《みき》が注《つ》がれた。

「飲めなければ口を付けるだけでいいからね」

玄湖がそっと囁《ささや》いて盃《さかずき》を渡してくれる。

私は頷いて盃《さかずき》に口を付けた。

「尾崎家の新郎新婦の新たな道行きに乾杯！」

既に酔っ払っている司波が大きな声でそう言い、お猪口《ちょこ》を持ち上げた。その様子に招待客からどっと笑いが起こり、それから拍手と喝采《かっさい》になった。

もちろん私と玄湖も笑って顔を見合わせたのだった。

宴《えん》もたけなわとなり、私たちに招待客が次々と祝いの言葉をくれた。

「玄湖、小春さん、おめでとう」

「二人とも、幸せになってくれな！」

篠崎と信田、そして妖《あやかし》たちから数々の祝いの言葉を貰う。

「小春ちゃん、すごく綺麗よ。まだ祝言を挙げてなかったのには驚いたけど、こうしてあたしたちも参加出来てよかったわ。二人とも、おめでとう！」

「玄湖様、小春、おめでとう！」

「俺からも祝いの言葉を言わせてくれ」

そして紫たち鬼の一家。

目を輝かせて白無垢《しろむく》を見つめる皐月姫に微笑む。

「花嫁さんの着物、綺麗。アタシも早く花嫁さんになりたいなあ」

「さ、皐月姫……ま、まだ早いと思うぞ」

「もう、父様ったら!」

そんなやり取りに周囲から笑みが漏れる。瑰の子煩悩《こぼんのう》っぷりは変わりがないようだ。

「小春ちゃん、尾崎さん、この度はおめでとうございます。こんな立派な祝言にあたしらまで呼んでいただいて、ありがとうございます」

お静さん一家や、近所の人たちもそう祝ってくれた。お静さんたちはご馳走を食べ、ニコニコしている。楽しんでくれているようだ。

「二人とも、本日はおめでとうございます。めでたいところに某《それがし》のようなものまで呼んでいただき、誠に感謝している」

仁公も祝いの言葉をくれた。

「仁公さんも尾崎さんと面識があったんですねえ」

「ああ、二人は某《それがし》の恩人なのだ」

仁公はお静さんたちと穏やかに話していて、近所の人とも上手く付き合っている様子が窺える。招待された妖《あやかし》も、仁公への蟠《わだかま》りはもうない様子で、終始穏やかな空気が流れていた。

そして、大切な家族たちも祝ってくれた。

南天と檜扇が私に抱きついて「おめでとう！」と声を揃えた。

「主人《あるじ》様、小春、おめでとうございます！」

「きゅううん！」

牡丹に麦も盛大に祝ってくれる。

さっきまで忙しそうに働いていたお重とお楽も仕事を小狐に任せ、紋付の着物に大急ぎで着替えたらしい。

「おめでとうございます……ああ、なんてお綺麗なんでしょう……」

「ええ、ええ。本当に、旦那様も立派で、小春奥様も綺麗でねえ……こんな光景が見られるなんてねえ」

お重は手拭いで何度も目元を拭っている。今日ばかりは、お重とお楽も喧嘩はしていない様子だ。

「みんな……ありがとう」

私も再び涙で目が潤《うる》んでしまう。

の結婚式で叶ったのだ。嬉しくないはずがない。


「玄湖さん、私……世界で一番幸せです！」

人と妖《あやかし》が分け隔てなく酒を酌《く》み交《か》わし、笑顔で過ごしている。そんな理想が自分の結婚式で叶ったのだ。嬉しくないはずがない。

そんなみんなの姿を目に焼き付けながら、私は微笑んだ。

玄湖は突然私を横抱きにかかえて、くるくると回り始めた。

「小春さんが世界で一番幸せな人なら、私は世界で一番幸せな妖《あやかし》だよ！」

私はいきなり横抱きされたことに驚いて、玄湖にしがみついた。けれど、玄湖は絶対に私を落としたりしない。安心して力を抜き、クスクスと笑った。

玄湖がふうっと息を吐くと、桜のような薄紅の花弁《はなびら》がどこからともなく舞い落ちてくる。

招待客の中でも人間たちは一瞬驚いた様子だが、手妻《てづま》だと思ったのか、すぐに歓声を上げた。

紫はカメラを構えて写真を撮っている。妖《あやかし》も人もみんないい笑顔をしていた。

「ほら、記念撮影するわよ！　みんな集まって！」

最後は全員で集合し、写真を撮った。紫も写真に映るため、シャッターを押すのは小狐がやってくれた。

「小春さん、写真が出来上がったら、今日のお礼を兼ねて、招待客のみんなに配りに行こう」

「いいですね！」

きっとみんな、いい笑顔で映っているだろう。

そうこうしているうち、いつの間にか席順もバラバラになり、招待客は妖《あやかし》も人間も入り乱れて思い思いに楽しんでいるようだった。

皐月姫と、蓮、そして八重ちゃんの三人はキャッキャと楽しそうにして、そこに南天と檜扇、牡丹が加わる。箒木の赤ちゃんもいつの間にか混ざって、みんな楽しそうに笑い合っている。

人も妖《あやかし》も関係ない。小さな子供たちが戯《たわむ》れている様子はとにかく可愛らしく、周囲は相好《そうごう》を崩した。

私も、そして玄湖も満面の笑みである。

いつか、玄湖との間に生まれてくる子供には、こんな幸せな光景が当たり前のものになりますように。

たくさんの祝福の言葉を浴びながら、私はそう願うのだった。

時は大正。あやかしが見える志乃は親を亡くし、親戚の家で孤立していた。そんなある日、志乃は引き立て役として生まれて初めて出席した夜会で、由緒正しき華族の橘家の一人息子・桜虎《おうこ》に突然求婚される。彼は絶世の美男子として名を馳せるが、同時に奇妙な噂が絶えない人物で——警戒する志乃に桜虎は、志乃がとある「条件」を満たしているから妻に選んだのだ、と告げる。愛のない結婚だと理解して彼に嫁いだ志乃だったが、冷徹なはずの桜虎との生活は予想外に甘くて……!?

◉定価:726円(10%税込)　◉ISBN:978-4-434-33471-9

◉Illustration:櫻木けい

月華後宮伝

虎猫姫は冷徹皇帝に愛でられる

GEKKA KOKYU DEN

1～4

織部ソマリ

PRESENTED BY SOMARI ORIBE

型破り月妃×冷徹な皇帝

中華後宮物語、開幕！

煌びやかな女の園『月華後宮』。国のはずれにある雲蛍州で薬草姫として人々に慕われている少女・虞凛花は、神託により、妃の一人として月華後宮に入ることに。父帝を廃した冷徹な皇帝・紫曄に嫁ぐ凛花を憐れむ声が聞こえる中、彼女は己の後宮入りの目的を思い胸を弾ませていた。凛花の目的は、皇帝の寵愛を得ることではなく、自らの最大の秘密である虎化の謎を解き明かすこと。
後宮入り早々、その秘密を紫曄に知られてしまい焦る凛花だったが、紫曄は意外なことを言いだして……？
あらゆる秘密が交錯する中華後宮物語、ここに開幕！

◎定価：各726円（10%税込み）

●illustration:カズアキ

怠け狐に傾国の美女とか無理ですから！
妖狐後宮演義《ようここうきゅうえんぎ》
福留しゅん
Shun Fukuto

この作品に対する皆様のご意見・ご感想をお待ちしております。

おハガキ・お手紙は以下の宛先にお送りください。

【宛先】

〒150-6019 東京都渋谷区恵比寿 4-20-3 恵比寿ガーデンプレイスタワー 19F
（株）アルファポリス　書籍感想係

メールフォームでのご意見・ご感想は右のＱＲコードから、
あるいは以下のワードで検索をかけてください。

アルファポリス　書籍の感想　検索

ご感想はこちらから

アルファポリス文庫

あやかし狐《ぎつね》の身《み》代《が》わり花嫁《はなよめ》3

シアノ

2024年 2月 25日初版発行

編集－本山由美・大木 瞳
編集長－倉持真理
発行者－梶本雄介
発行所－株式会社アルファポリス
〒150-6019東京都渋谷区恵比寿4-20-3恵比寿ガーデンプレイスタワー19F
TEL 03-6277-1601（営業） 03-6277-1602（編集）
URL https://www.alphapolis.co.jp/
発売元－株式会社星雲社（共同出版社・流通責任出版社）
〒112-0005東京都文京区水道1-3-30
TEL 03-3868-3275
装丁イラスト－ごもさわ
装丁デザイン－西村弘美
印刷－中央精版印刷株式会社

価格はカバーに表示されてあります。

落丁乱丁の場合はアルファポリスまでご連絡ください。

送料は小社負担でお取り替えします。


ISBN978-4-434-33466-5 C0193